스타트라인

스타트라인

작가들의 빛나는 시작

전하영
이미상
위수정
예소연
성해나
김화진
김지연
김기태

문학동네

차례

김기태 전조등　　　　　　　　　　007

김지연 내가 울기 시작할 때　　　　037

김화진 근육의 모양　　　　　　　067

성해나 OK, Boomer　　　　　　　101

예소연 우리 철봉 하자　　　　　　131

위수정 풍경과 사랑　　　　　　　159

이미상 그친구　　　　　　　　　195

전하영 숙희가 만든 실험영화　　　225

김기태

전조등

한낮의 아스팔트 위에 죽은 것이 있었다.

검붉은 피가 엉겨붙은 잿빛 털 뭉치. 얼마 전까지 작은 동물이었던 것의 잔해. 자세히 보기는 꺼림칙했다. 일곱 살의 그는 고개를 돌렸다. 작고 둥근 흙무덤을 잠시 상상했다. 만화에서는 그런 무덤 앞에 나뭇가지 두 개를 엮은 십자가가 으레 꽂혀 있었다. 곧 그는 더러운 것을 함부로 만지면 안 된다는 부모의 말을 떠올렸다. 횡단보도 앞에서 좌우를 살폈다. 약국과 복권가게 사이로 난 차도는 한산했다. 신호등도 없는 곳이었다.

그즈음 이미 그는 주의해야 할 일들이 적힌 긴 목록을 갖고 있었다. 횡단보도로만 길을 건널 것. 모르는 사람을 따라가지 말 것. 수도꼭지를 끝까지 잠글 것. 친구네 집에 들어갈 때는 신발을 가지런히 둘 것. 저녁을 먹고 가라고 해도 사양하고 돌아올 것…… 차에 치이고 병에 걸리고 물건을 잃어버리거나 남들에게 흠을 잡힐 만한 일은 어디에나 있었다. 군청 공무원인 아버지와 농협 창구원인 어머니는 많은 것을 가르쳤다. 대개 무언가를 이루기보다는 당하지 않기 위한 지혜였다. 끊어진 다리나 무너진 백화점, 빚더미에 오른 나라에 대한 뉴스를 볼 때면 부모는 밥상을 사이에 두고 말했다.

"우리는 이렇게 잘살고 있으니 얼마나 다행이니?"

사 남매 중 막내인 그는 부모의 말을 잘 들었다. 이웃들이 그를 두고 "이 집 막내는 어쩜 이리 의젓해요"라고 너스레를 떨면 부모는 "얘가 막내다운 맛이 없답니다"라고 응대했다. 열네 살 생일 밤, 반양옥 단독주택 거실은 여섯 가족이 앉아 있기에 조금 좁았다. 그는 부모와 두 누나 그리고 형의 다른 듯 닮은 얼굴을 보았다. 문득 부모가 왜 아이를 넷이나 낳았는지 궁금해졌다. 아버지가 답했다.

"사실 너는 계획에 없었다. 껄껄."

그는 학교에서 '공부 안 하면 나중에……'로 시작하는 훈화를 새겨들었다. 수업시간에 졸지 않았고 야간 자율 학습에 빠지지 않았다. 진로를 고민하다 당시 부상하던 통계학과에 지원하기로 했다. 전공 소개 책자에 어떤 분야든 통계는 필요하다고 쓰여 있었다. 문학 교사였던 담임은 그의 성적표를 넘겨 보며 말했다.

"좋은 계획이야. 수학도 잘하고. 아주 어울려."

그는 서울에 있는 대학에 합격했다. 입시 설명회에서 흔히 '중상위권'으로 분류되는 곳이었고, 친척들은 그에게 "열심히 했구나"라고 말했다. 숫자를 따져보자면 넉넉잡아 상위 칠 퍼센트 이내의 수험생만 진학하는 학교였다. '열심히'보다는 나은 평가를 받을 만한 것도 같았으나 어쨌든 알 만한 대학에 진학했다는 안도감이 더 컸다.

스무 살 새내기. 그는 얼마간의 설렘과 잉여 시간을 연극부에 투자하기로 했다. 의외라는 동기들의 반응에 그는 네모나지도 둥글지도 않은 안경을 추켜올리며 답했다.

"뭔가 다른 게 되어볼 수 있잖아."

사실 그들이 아는 스무 살들은 모두 연극이나 밴드, 학보사나 국토 대장정 같은 것을 하고 있었으므로 화제는 빠르게 전환되었다. 대학생의 연애담을 그린 첫번째 무대에서 그는 주인공의 후배 삼 인방 중 한 명을 연기했다. 그의 안경을 그대로 쓴 채였다. "저희가 도울게요" 같은 대사가 세 줄 정도 있었다. 뒤풀이에 가기 전, 그는 어둑한 무대에서 혼자 쓰레기를 줍는 척하며 잠시 서성거렸다. 주인공 역을 맡았던 선배는 그날 밤 노래방에서 〈연극이 끝난 후〉라는 곡을 예약했다. 경제

학을 전공하는 회장이 익살스럽게 말했다.

"이 노래는 공공재니까 독점 금지다."

그는 처음 듣는 노래였는데 모두가 곧잘 따라 불렀다. 무언가를 가져보기 전에 도둑맞는 게 가능한지 생각했다. 이후 무대에서 주인공의 후배 역할을 한번 더 했고 나중에는 주인공의 선배 역할을 하게 되었다.

그는 무대 위보다 무대 뒤에서 많은 일을 했다. 제대로 접착되지 않은 소품이나 들쭉날쭉한 볼륨의 효과음, 화장실에 가려는 관객이 길을 잃을 위험 등을 발견하고 보완했다. 그가 연극부에 필요한 인물임을 모두가 인정했다. 그 역시 그런 역할에 점차 만족감을 느꼈다. 말년 휴가를 나와 앵두 전구 육백 개를 점검하던 그를 보고, 두 살 아래의 후배가 호감을 품은 일이 결정적이었다. 때늦은 첫 연애는 그렇게 시작됐다. 애인의 부모는 밤 아홉시가 되면 어디냐고 딸에게 전화를 걸었다. 그는 애인이 부모와 싸우는 것을 원치 않았으므로 늘 서둘러서 그녀를 집에 바래다주었다. 어느 날 그녀는 유난히 느릿느릿 걷다가 집 앞에서 이렇게 비죽거렸다.

"내가 오빠를 좋아하긴 하는데, 너는 진짜 너무 너다."

그는 어리둥절했지만 어쨌든 애인을 실망시키고 싶진 않았다. 삼 년간 이어진 연애에서 그는 좋은 남자친구의 역할이란 어떤 것인지 꽤 배웠다. 강의실과 자격증 학원, 취업 스터디를 오가는 동안 그에게 호감을 표하는 여자애가 두셋 생겼으나 그는 도의를 지켰다. 훗날 그는 첫 애인이랑 왜 헤어졌는지 돌이켜봤으나 뾰족한 이유는 없었고, '어떤 이십대적인 이유로 싸우다가'라고 결론 내렸다.

면접관들은 그의 우수한 학점과 빈틈없는 스펙을 높이 평가했다. 자기소개서에 풀어낸 연극부 경험은 적극성과 도전 정신으로 해석되었다. 인적성 시험 성적도 준수하였으며 특히 도표 해석과 논리 판단 영역이 뛰어났다. 신중한 성정이 깃든 무색무취의 생김새까지 인재상에 부합했으므로 그는 몇 군데의 대기업에서 합격 통지를 받았다. 고용 안정성과 기대 연봉을 고려해 완성차 제조업을 기반으로 하는 재벌 그룹에 입사했다. 취업난 속에서 세계적으로도 이름 있는 대기업에 취직했다는 것은 동기와 선후배들 사이에서 흔한 일이 아니었다.

첫 출근 날 그는 회사의 플래그십 스포츠 세단처럼 경쾌했다. 경제 일번지라는 어느 빌딩숲에 자신의 자리가 있다는 것은 만족스러운 일이었다. 첫 월급으로 부모님께 안마 의자를 사드렸다. 남은 돈으로 충치부터 암까지, 교통사고부터 민형사상 소송까지 대비할 수 있는 네 가지의 보험에 가입했다. 주택 청약과 연금 저축 상품에 납입을 시작했고 월 급여의 이 퍼센트는 기아와 난민 문제에 대응하는 국제기구에 기부하기로 했다. 일 년 뒤 팔백 퍼센트의 상여금을 받았을 때 그 스포츠 세단을 구입했다. 직원 할인은 유용했고 잔금은 십이 개월 할부로 충분했다.

할부 기간이 끝날 무렵, 회사는 업무 혁신의 일환으로 파티션을 모두 철거했다. 구성원 간의 소통을 촉진한다는 명분이었다. 동료들은 프라이버시가 너무 없다며 메신저로 인적자원팀을 욕했다. 그는 근무시간에 늘 자리를 지키는 편이었으므로 쉽게 적응했다. 다만 17층 마케팅 3실에서 각자의 모니터를 보고 있는 서른 명의 존재를 매일 지나치게 실감했다.

그의 모니터에는 소비자들의 연령대와 직업, 차량 구매 시기, 결혼 여부, 자녀 유무, 통근 거리, 주말 여가를 즐기는 방식, 옵션 선호도 따위가 숫자로 떠돌고 있었다. "중세의 예술가들은 조각을 대리석 안에 감춰진 신의 형상을 꺼내는 일이라고 여겼죠. 통계학이란 마찬가지로 숫자 안에 숨은 메시지를 꺼내는 일이랍니다"라는 옛 교수의 말은 멋있었지만 사실이 아니었다. 메시지는 숫자 안에 숨은 것이 아니라 그가 참석하지 못하는 회의실에서 만들어지는 것이었다. 정해진 결론에 봉사하도록 숫자를 가공하는 일이 그의 몫이었다. 그는 그 일을 아주 잘했다. 신입 사원다운 아이디어는 직무 연수 시절에 작성한 의욕적인 보고서로 증명한 바가 있었기 때문에 중요하지 않았다. 상사와 동료들은 그가 내어놓는 숫자에 만족했다.

그런 만족은 성과 지표 점수와 그에 기반해 산정된 성과급 등 또다른 숫자로 돌아왔다. 오랜만에 만난 친구들은 어떻게 사느냐는 물음에 "일하고 돈 벌지"라고 대답했다. 그래. 나도 그렇지. 그러다 무리 중 누군가가 말했다.

"연애라도 해야 하는 거 아닐까?"

회사에서는 업무적인 유능함이 인간적인 호감으로 전이되기 쉬웠다. 게다가 그는 야심도 불만도 입 밖으로 내는 일이 없었다. 많은 동료가 그에게 누군가를 소개하고 싶어했다. 그는 주선자에게 상대의 외모나 신상을 함부로 묻지 않았고 겸손한 마음으로 호의를 받아들였다. 빼어난 외모는 아니었으나 성실히 쌓은 취향과 매너는 도움이 되었다. 그는 몸에 잘 맞는 단정한 옷을 입었고 머리카락과 수염, 손톱을 깨끗하게 정리했다. 재킷 안주머니에는 다림질을 해 반듯하게 접은 손수건을 넣고 다녔다. 안경은 여전히 네모나지도 둥글지도 않은 모양이었으나 대학 때와는 달리 유서 깊은 브랜드의 스테디셀러 제품이었다. 그는 식사와 디저트를 골자로 하며 짧은 산책이나 드라이브가 추가될 수도 있는 두세 가지의 계획을 준비했다. 상대의 이야기를 착실히 듣고 적절한 때에 호응하였으며 필요하다면 화제를 이끌었다.

그는 소개받은 상대를 처음 만날 때, 전에 다른 상대와 갔던 곳에서는 약속을 잡지 않았다. 매번 새로운 장소를 찾는 데에 꽤 품을 들였다. 손을 써야 하는 음식이 아닐 것. 옆 테이블과 충분한 거리가 확보되어 있을 것. 너무 적막하지도 시끄럽지도 않을 것. 성의를 드러낼 순 있지만 상대가 부담을 가지진 않을 만한 가격일 것. 그러면서 프랜차이즈가 아닐 것. 이런 장소를 그때그때 새로 찾는 일은 쉽지 않았다. 하지만 처음 만나는 곳은…… 조금 특별해야 하지 않을까. 어떻게 한 장소에서 여러 명을 만나면서 그 만남이 특별할 거라고 기대한담. 그는 그 막연한 감각을 일종의 도덕이라고 규정했다.

그렇게 사오 년이 지나는 동안 그는 네 명의 애인과 각각 길지도 짧지도 않은 시간을 보냈다. 단독주택을 개조한 프렌치 비스트로, 식민지 시대부터 영업했다는 경양식당, 비건 요리를 제공하는 도심지의 사찰은 갈 수 없는 곳이 되었다. 결국 모두가 헤어질 이유는 많고 계속 만나야 할 이유는 적었다. 국립중앙박물관 3층의 카페테리아를 한동안 그리워하면서 그는 유능한 대리가 되어 후배에게 업무를 물려줬고 선배에게 업무를 물려받았다. 점심으로 제육볶음을 먹으며 공모주 청약과 암호 화폐 시황, 최신형 휴대전화와 이국의 여행지, 1층 리셉션 직원의 헤어스타일에 관한 대화를 들었고 드물게 와이셔츠 앞자락에 국물을 흘렸다. 월에 한두 번씩 클럽에서 대마초를 피운다는 동기의 부주의함과, 동남아 골프는 밤이 진짜라는 상사의 부도덕함을 속으로 탓했다. 한동안은 샐러드나 통밀빵 샌드위치만 먹다가 화풀이처럼 알탕이나 등갈비를 먹었다. 물만 부으면 여덟 가지 필수영양소를 섭취할 수 있다는 셰이크를 마시면 점심시간이 길었다. 구청 주최의 동호인 수영 대회에서 동메달을 땄고 목공방에서 만든 스툴을 식탁 한편에 갖다놓았다. 비정기적으로 새로운 장소에서 낯선 상대와 익숙한 대화를 나눴다. "대학 연극부에서 대학생 역할 전문이었죠. 안경도 벗은 적 없어요"라는 농담은 여전히 육십 퍼센트 정도의 확률로 먹혔지만 그 자신이 질렸다. 나중에는 처음 만나는 상대와 고속도로 휴게소에서 가락국수를 먹거나 수산시장에서 도다리회를 먹기도 했다. 후자와는 소주를 두 병 마셨고, 마시는 동안은 제법 괜찮은 시도인 것도 같았으나 다음날 돌아보니 아니었다.

서른셋의 그는 잠들기 전 자주 뒤척였다. 드레스룸이 딸린 넓고 세련된 오피스텔이었지만 자정의 적요 속에서 감각할 수 있는 건 한 칸의 침대뿐이었다. 당신은 침대를 떠났다가 침대로 돌아옵니다. 그래도 아무거나 쓰시겠습니까. 그런 침대 광고를 떠올렸다. 누운 채로 지인들의 메신저 프로필 사진을 훑어보고 뜻 없이 포털의 스크롤바를 내렸다. 내일의 날씨는 맑을 예정. 러시아 병력은 수상한 움직임. 케이팝 걸 그룹은 빌보드를 정복. 비타민D는 지용성이었다. 조회수가 높은 글을 열어 천천히 읽었다. 나다움을 찾아 퇴사하고 여행을 떠났습니다. 나다움을 유지하는 다섯 가지 습관을 알아볼까요. 나답게 살기 위해 비혼을 선택했어요. 그는 "나다운 게 뭔데! 나다운 게 뭐냐고!"라고 소리내보고 큭큭 웃었다. 그것 또한 언젠가 본 드라마 주인공을 흉내낸 것이었으므로 그는 다시 큭큭 웃었다. 그리고 자기다운 게 뭔지 생각하다 자기답게 사는 게 지겨워졌다.

그는 자신이 앞으로 무엇이 될 수 있을지 떠올려보려고 했다. 장래 희망이라는 말은 조금 우스웠다.

"아니 결혼을 왜 아직 안 했어?"라고 새로 부임한 부장이 그에게 물었다. 삼겹살을 불판에 올려놓기도 전이었다. 그는 이번엔 이렇게 대답해보기로 했다.

"그러게 말입니다."

삼겹살이 다 익을 때까지 들은 이야기를 종합하자면 결혼이란 적령기에 옆에 있던 사람과 하는 것이며, 돈을 모으려면 꼭 해야 하지만 돈을 모아야만 할 수 있는 것이기도 하고, 죽음만큼이나 미룰수록 좋지만 사람 구실을 하려면 하긴 해야 하며, 요새 젊은 친구들은 책임감이 없어서 어려운 일이지만, "시발 그냥 하지 말라면 하지 마"라며 분노할 수도 있는 일이었다. 그는 삼겹살을 소금과 쌈장에 번갈아 찍었고 비타민A와 루테인 섭취를 위해 상추쌈도 꼭꼭 씹어 먹었다. 옥신각신하던 유부남들은 전화를 받다가 하나둘 집에 들어갔고 그도 덩달아 귀가했다. 그는 그들이 말하는 어떤 결혼에도 동의하지 않았으나 그렇다고 자신이 원하는 것을 다른 이름으로 부르기도 어려웠다.

사람들이 이상형을 물으면 언젠가부터 그는 짧게 대답했다.
"예쁘고 착하고 똑똑하고 재밌고 저를 사랑하는 사람이죠."
그는 최대한 농담처럼 발음하려고 노력했다. 그럼 사람들은 "미쳤네 미쳤어"라고 말했고 그중 일부는 진담으로 들렸다. 하지만 그것을 이상형이라고 부르는 한 더 나은 요약은 없었다. 길게 대답하는 방법이 있었지만 그걸 전부 듣기에 사람들의 인내심이 충분하지 않아 보였다. 그 자신조차 설명이 얼마나 길어질지, 무엇이 핵심적이며 무엇이 부차적인지 자신할 수 없었다. '이상'이라는 단어는 너무 많은 것을 지시해서 거꾸로 아무것도 의미하지 못하는 듯도 했다. 어느 날 그는 노란색 메모패드에 열두 문장을 정리할 수 있었다. 맨 윗줄에는 이렇게 적혀 있었다.

생물학적 여성이면서 스스로를 여성으로 규정하는 이성애자 사람.

너무 멀리서 시작한 것도 같았지만, 모호했던 무언가가 첫 문장을 쓰는 순간 약간은 선명해져서 제법 유쾌했다. 그는 두 번째 문장을 썼다.

나와 모국어가 같은 사람.

그는 경험적 지식을 바탕으로 아직 도착하지 않은 존재를 추정해야 했다. 그건 천체물리학자나 발명가의 일과 같았다. 직업이라거나 재산, 가정환경 같은 조건을 나열하지는 않았다. 그는 한 인간의 본질을 예고하는 구체적인 징후들은 따로 있으며, 정신을 차리고 눈을 똑바로 뜨면 그것들을 포착할 수 있다고 믿었다. 다른 이들은 고개를 갸웃할 만한 것도 있었는데, 예를 들어 열두번째 문장은 다음과 같았다.

흰 바지를 입지 않는 사람.

그 사람을 상상하는 것과 찾아내는 것은 별개의 문제였다. 사람들이 만나고 헤어지는 모든 풍습이 그에게 도움이 되었다. 그는 신중하고도 효율적인 방식으로 그녀들에게 접근했고 환심을 샀다. 관건은 적절한 때에 적절한 말과 행동을 보여주는 것이고, 그에게는 꽤 많은 경험이 누적되어 있었다. 그는 이제 그 '적절함' 안에는 '적절한 정도의 의외성', 즉 이유 없는 작은 선물이나 늦은 밤의 괜한 연락, 심지어는 의도적인 무관심도 포함된다는 것을 충분히 고려할 수 있었다.

때로는 자신이 지나치게 신중한 것은 아닌지 의심했다. 그럼에도 종업원을 무례하게 대하거나 신용카드 리볼빙을 애용하는 사람과 결혼할 순 없었다. "너무 따지면 결혼 못한다"라고 조언인지 비아냥인지 모를 말을 하는 친척이 있었다. 그 말은 가성비를 따지라는 말처럼 들렸다. 하지만 전자제품을 고르는 일이 아니라 사람을 만나는 일이었으므로 '이 정도면 괜찮은……' 따위의 판단에 기댈 수는 없었다. 서른네번째 생일을 앞두고는 결혼정보회사의 상담을 받았다. 가입 신청서를 읽다가 그녀가 그런 통속적 지표의 알고리즘으로 나타날 리 없을 것 같아서 돌아 나왔다. 그날 밤 침대에서 '반려동물을 입양한다면 고양이보다는 개가 좋을 것'이라고 생각하다 그 개가 고독사한 자신을 뜯어먹을 확률을 계산해봤다. 그로부터 두 달 후에 그녀를 만났다.

그는 지인의 동생의 지인의 전화번호를 받았고 간결한 메시지로 시간과 장소를 정했다. 연말로 접어들 때라 예약은 쉽지 않았고 썩 내키지 않는 이탈리안 레스토랑을 택했다. 그는 테이블 위의 조화 장식이 탐탁지 않았으나 그녀는 명란과 시금치를 얹은 가지 요리가 맛있다고 말했다. 근처에 괜찮은 펍이 있다고 그녀가 제안했을 때 그는 차를 가져오지 않은 척하기로 했다. 펍은 사람들로 흥성거렸고, 높고 불편한 창가 좌석만 남아 있었다. 나란히 앉아서 시나몬 파우더를 토핑한 흑맥주를 마셨는데 어떤 단어들은 잘 들리지 않았다. 그가 흑맥주를 한 잔 더 권한 것은 그녀가 이렇게 말한 다음이었다.

"쉬는 날에는 ……도 하고요, 요즘은 직장인 극단에 나가고 있어요."

그녀는 흑맥주를 마셨으니 두번째로는 맑은 맥주를 주문하겠다고 했다. 다트 기계에서 장난스러운 멜로디가 흘러나왔다. 창밖으로 때 이른 산타클로스가 리어카를 끌고 지나갔다.

 그는 사흘이 지나기 전에 그녀에게 다시 연락했고 다섯번째 만났을 때에는 교제를 제안했다. 계절이 바뀌는 동안 그는 그녀가 약속 시간을 잘 지키는 사람이라는 것을 알았다. 그녀는 음식을 먹을 때 머리를 묶었으며 행상 할머니가 나타나면 껌이나 초콜릿을 사서 그에게 나눠줬다. 어느 날 그는 꽃다발을 들고 어둠에 잠긴 소극장 객석에 앉았다. '12인의 성난 사람들'이라는 제목으로, 열두 명의 배심원이 살인사건의 판결을 두고 다투는 내용의 연극이었다. 유명한 레퍼토리라 그도 제목 정도는 대학 시절에 들어본 적이 있었다. 첫번째 투표에서 열한 명의 배심원이 유죄에 손을 들었다. 나머지 한 명의 배심원이 자리에서 일어났다. 그녀였다.

 "저마저 손을 들면, 그 아이는 사형장으로 향하게 되겠지요."

 그때 무대 위 그녀와 눈이 마주친 듯한 기분. 흥미로운 토론이 한 시간 반 동안 이어졌다. 마침내 열두 명의 배심원은 피고인이 무죄임에, 적어도 유죄라고 단정지을 수 없음에 합의하였다. 그는 옆구리에 꽃다발을 끼고 기립 박수를 쳤다. 몇 사람이 엉거주춤 그를 따라 일어났다. 그 진부한 이탈리안 레스토랑과 소란스러운 펍을 오래 기억할 거라는 예감이 점점 강해졌다. 좋은 꿈. 좋은 꿈. 메시지를 나누고 누우면 가끔 얼떨떨했다. 이토록 좋은 일이 이토록 평범한 방식으로 이루어질 수 있다는 것이 의심스러웠다. 그럴 때 그는 하얗고 포근한 양을 세듯, 울림소리가 많은 그녀의 이름을 입안에서 굴려보곤 했다. 그러면 곧 아늑한 잠으로 빠져들 수 있었다.

늦여름의 토요일 한낮이었다. 그는 셀프 세차장에 들러 차 내외부를 깨끗하게 청소한 뒤 그녀를 데리러 갔다. 그녀에게는 평범한 주말여행으로 말해두었지만 뒷좌석에 벗어놓은 리넨 재킷 주머니에는 반지가 들어 있었다.

그는 스카이라운지부터 열기구까지 고려해보았지만 청혼에는 더 아름답고 정직하고 영원한 무엇이 필요했다. 국립중앙박물관의 오래된 소장품들 사이는 충분히 로맨틱했지만 과거의 기억이 마음에 걸렸다. 경복궁은 재건한 것이었으므로 탈락했고 앙코르와트는 여정 자체의 피로도가 너무 높았다. 고민의 끝은 바다였다. 바다는 지금까지도 바다였고 앞으로도 바다이며, 세상에 똑같은 해변은 하나도 없었다. 그는 작고 비밀스러운 바위 해변을 마주한 프라이빗 빌라를 예약했다. 이 계획에 그녀의 동의를 구하진 않았다. 청혼 자체를 받아들일지도 알 수 없었다. 그건 협의의 대상이라기보다는 해내야 할

과업이었다. 결혼을 기정사실로 만들어놓고 한껏 예고한 뒤 반지를 내미는 건 우스꽝스러웠다. 그는 오늘밤 그녀가 어색한 표정으로 '생각할 시간'을 요청할 수도 있다는 걸 인지했지만, 상기된 얼굴로 손가락을 내밀 확률이 훨씬 높다고 판단했다. 그녀를 조수석에 태울 때만 해도 그는 유쾌한 긴장감을 느꼈다.

휴일이라 예상은 했지만 도시를 빠져나가는 데 긴 시간이 걸렸다. 차량의 행렬 끝에서 안전 삼각대와 스키드마크, 반파된 사인승 세단을 지나쳤다. 그는 지체가 그의 잘못이 아니라는 뜻을 담아 그녀를 보았고 그녀의 미소가 그를 다독였다. 첫번째 휴게소에서 샌드위치를 먹을 때 그녀는 들르고 싶은 곳이 있다고 말했다. 오래전 몇십여 명의 신자들이 박해를 피해 산 깊이 건설한 성당으로, 특유의 벽돌 건축양식과 첨탑이 아름다운 곳이라는 설명을 덧붙였다. 그는 배우자가 일신론 기반의 신앙인이 아니길 바라왔고, 그가 알기로 그녀는 종교가 없었다. 그는 그녀의 제안을 문화적인 호기심의 일종으로 규정했다. 성당은 출발지와 도착지 사이의 너른 공간 어디쯤에 있긴 했지만 고속도로를 빠져나와 꽤 우회해야 했다. 내비게이션에 표시된 위치에는 성당의 방향을 가리키는 표지판이 있을 뿐이었고 실제 성당까지는 차에서 내려 십여 분을 걸어야 했다.

풀이 멋대로 우거진 길을 걸으며 그는 그녀가 성당 결혼식을 원할 경우를 의심해보았다. 자신도 그녀도 신자가 아니었으므로 해본 적이 없는 상상이었다. 그는 청혼에 비하면 결혼식은 다소 과대평가된 의례라고 생각했다. 청혼은 둘 사이에 일어나는 일이지만 결혼식은 둘이 아닌 사람들을 위한 일이었다. 일가친척까지 고려한 현실적인 선택지 중에서 적절한 곳은 동문회관이나 회사 연수원 같았다. 웨딩홀의 통속성과 호텔의 허영 사이 어디쯤이라는 게 썩 나쁘지 않았다. 그는 성당 예식을 극적 형식으로서 흐뭇하게 관람해왔지만, 자신의 맹세에 사제가 필요하다고 여기진 않았다.

성당은 갑자기 나타났다. 잿빛 벽돌을 쌓아올린 아담한 단층 건물이었다. 그다지 높지 않은 첨탑의 십자가가 그곳이 성당임을 증빙했다. 키가 큰 나무들이 첨탑보다도 높이 성당을 둘러싸고 있었다. 어떤 배경에서 건축되었고 사적 몇 호이다 등이 적힌 작은 동판이 보일 뿐 아무도 없었다. 굵은 사슬이 목재 문을 가로질러 매여 있었다. 으스스한 분위기에 그는 무슨 말이든 하기로 했다.

"누가 불질러도 모르겠는걸."

그녀는 별 대답 없이 휴대전화 카메라로 성당을 서너 차례 찍었다. 그는 자신이 불을 지르고 싶은 게 아니라 세상에는 이유 없이 불을 지르는 사람들이 있고 이 성당의 관리가 허술하다는 것을 부연하고 싶어졌으나 그만두었다. 그와 그녀는 손을 잡고 풀벌레들이 우는 길을 걸어 차로 돌아왔다. 이미 해가 기울고 있었다. 그는 그녀를 먼저 차에 타게 한 뒤 빌라 오피스에 전화를 걸어 도착 시각을 수정했다. 두 시간이 걸리는 거리를 이동하기 위해서는 두 시간이 필요했다. 결혼이란 새로운 시작이니까 밤이 아니라 아침에 청혼하는 게 좋지 않은가, 그런 생각을 하다가 정말 이번 여행이 청혼을 위한 최적의 선택인가, 까지 의식이 닿았다. 시동을 걸자 전조등이 자동으로 켜졌다.

지방 도로는 산중을 굽이쳤다. 전조등 너머는 곧 깜깜해졌다. 그는 한참 동안 다른 차를 만나지 못했다. 둔해진 감각으로 달리는 길은 오르막인지 내리막인지도 확실치 않았다. 도로가 차를 실어가고 있었다. 그는 자기보다 크고 빠른 기계를 통제할 때의 상쾌함을 기억해내려고 애썼다.

"자는 거야?"

그가 조수석의 그녀에게 물었다. 자고 있지 않다면 들릴 만한, 그러나 자고 있다면 깨지 않을 만한 목소리였다. 자고 있지 않지만 자고 싶다면 자는 척을 해도 좋았다. 그녀의 고개는 조수석 차창 쪽으로 기울어져 있었다. 얼굴의 사분의 일 정도가 보였다. 그때 퍽, 하고 작은 파열음이 들렸다.

그는 비교적 침착하게 차를 세우고 비상등을 켰다. 그녀가 몸을 일으키며 말했다.

"다 왔어?"

비상등 소리가 딸깍거릴 때마다 차 앞으로 몇 미터쯤의 도로가 나타났다가 사라졌다. 차 앞에는 아무도 없었고 그는 왼쪽 전조등만이 작동하고 있다는 걸 알아차렸다. 핸들에서 손을 놓고 안전벨트를 풀었다. 그는 전조등이 나간 것 같다고 말하고 차에서 내렸다.

밖으로 나오자 맞닥뜨린 선선한 바람에 그는 한기를 느꼈다. 뒷좌석에 벗어둔 재킷 생각이 났지만 운전석 문을 닫고 걸음을 옮겼다. 깊은 산속이라 사방에는 어떤 불빛도 보이지 않았다. 커다란 나무들만이 도로의 양옆을 지키고 있었다. 깜빡이는 왼쪽 전조등을 끼고 돌자 금이 간 오른쪽 전조등이 보였다. 전조등 주변에서 별다른 흔적은 발견할 수 없었다. 그는 도로 가장자리로 걸음을 옮겼다. 조수석을 지나칠 때 그녀가 차 안에서 무어라고 말했다. 입모양으로 미루어볼 때 괜찮냐고 묻는 것 같았다. 그는 고개를 끄덕이고 차의 뒤편으로 향했다. 붉은 후미등이 깜빡거리며 지나온 길을 얼마간 밝혔다. 이십여 미터쯤 걸은 그가 발견한 것은 덩그러니 놓여 있는 신발 한 쪽이었다.

그건 군청색 털 고무신이었다. 발목을 따라 짧은 털이 둘러져 있었다. 쓰레기라고 하기에는 멀쩡했지만, 또 누가 신고 다니기에는 좀 낡아 보였다. 크기와 모양을 가늠해볼 때 그것은 여성의 왼발용이었다. 그는 그 왼쪽 털 고무신과 오른쪽 전조등의 관계를 이해해보려고 했다. 주변을 둘러보았으나 오른쪽 신발도, 신발의 주인도, 어떤 다른 흔적도 발견할 수 없었다. 털 고무신이 그곳에 있는 이유를 생각해내지 못하자 그는 자신이 그곳에 있는 이유를 생각하기 시작했다. 도로 옆으로 검게 우거진 숲을 보았다. 첨탑처럼 솟은 나무들의 부분 부분이 희미한 형체로 보일 뿐, 숲 안쪽의 깊이는 알 수 없었다. 바람이 불 때마다 나뭇잎들이 스치는 소리가 파도 소리처럼 가까워졌다가 멀어졌다. 그 검은 바다의 가장자리에 서서, 그는 한쪽 신발을 잃어버리고 걷는 사람의 뒷모습을 상상했다.

차문이 열리는 소리가 들렸다. 차에서 내리려다가 다시 안으로 몸을 숙여 무언가를 찾는 그녀가 보였다. 그녀는 그의 재킷을 꺼내 원피스 위에 걸치며 그의 이름을 불렀다. 후미등을 등진 그녀의 그림자가 아스팔트 위에 길게 드리워졌다. 어디라고 하기도 어려운, 어디와 어디 사이일 뿐인 한밤중의 도로. 일렁이는 나무와 속살거리는 풀벌레들. 그의 재킷을 입고 그의 이름을 발음하는 사람. 아무도 멈추지 않을 곳에서의 아무도 모르는 한때.

그는 그를 부르는 소리를 따라 발걸음을 옮겼다. 그녀 앞에 섰을 때 그는 약간의 불안은 청혼이 요구하는 진정성의 일부라는 걸 받아들였다. 그녀는 재킷 주머니에 손을 넣고 있었다.

"안에 있는 거, 꺼내봐."

그녀가 "어, 음, 웅" 같은 소리를 내며 반지함을 꺼내들었다. 그를 보며 "설마?" 했고 그는 끄덕였다. 그녀는 고개를 저으며 말했다.

"안 돼."

그는 아득해졌다. 어디서부터 잘못됐지. 나뭇잎소리도, 풀벌레 소리도 멈춘 듯했다. 그녀가 반지함을 그에게 내밀며 말했다.

"당신 손으로 줘야 해."

그녀에게서 반지함을 받아들 때 그는 결정적인 열세번째 조건이, 그것이 정확히 무엇인지 깨닫기도 전에 충족되었다고 느꼈다. 그는 중요한 말을 또박또박 하려 했는데 목이 메었다. 그녀가 손가락을 내밀었다. 반지가 조금 헐거운 것 같았다. 그녀가 말했다.

"자기 울 줄 아는 사람이었구나."

그날 밤 그는 한쪽 전조등만으로 도로를 달려 그녀와 함께 바다에 닿았다. 모달 침구는 부드러웠고 그녀의 체온은 따뜻했다. 그녀는 그의 귀에 평소 하지 않던 말을 속삭였다. 그는 그녀가 잠든 뒤에 반지가 끼워진 그녀의 손가락을 오래 보았다. 아침해가 떴다. 테라스에서 크루아상과 스크램블드에그를 먹었고 핸드 드립으로 내린 하와이안 코나를 마셨다. 월요일에는 출근을 했다. 팀원의 작업을 검토해 오차 범위를 유의미하게 줄인 뒤 퇴근했다. 깜깜한 도로와 어리둥절한 그가 찍혀 있을 뿐인 블랙박스 영상을 노트북 어딘가에 저장했다. 두 달 뒤에는 상견례를 했고 공동 계좌를 개설했다. 또 몇 달이 지나는 동안 그는 그녀의 직장 근처에 아담한 신축 아파트를 구매했다. 그의 부모는 그 몰래 모아뒀던 약간의 돈을 보태려 했고, 그는 그 돈을 부모 몰래 양가 어르신들의 노후 비상금으로 묶어놓기로 했다. 그녀도 동의했다. 대출을 조금 더 받아야 했으나 그의 수입 안에서 융통이 가능한 정도였다. 그 도로에서 무언가를 찾았다는 전화가 올 것 같아서 물끄러미 휴대전화를 보는 때가 있었지만 그런 일은 일어나지 않았다.

그녀가 몇 살인지, 무슨 일을 하는지 사람들이 물을 때마다 그는 그녀를 설명하는 더 나은 방식을 고민했다. 무엇이 매력이었냐는 질문에는 정작 대답하기 어려웠다. 정확한 표현을 찾다가 애써 그들에게 설명할 필요가 없다는 결론에 도달했다.

"그녀는 예쁘고 착하고 똑똑하고 재밌고 저를 사랑하는 사람이죠."

그러면 사람들이 "부럽다 부러워"라고 말했고 그는 농담이었다고 덧붙였다. 그의 대학 동기 중 인플루언서인가 에세이

스트인가, 정확히 무엇으로 먹고사는지 그로서는 알기 어려운 이가 있었다. 형광색 벙거지 모자를 쓰고 모임에 온 그 동기는 청첩장을 펼쳐 보다가 그에게 물었다.

"그래서 어때, 너는 사랑해?"

그는 대답했다.

"당연히 사랑하지."

집으로 돌아오는 길. 좌회전 우회전 신호 대기 직진. 사랑하지. 사랑이 뭔데. 이게 사랑이지. 이 정도면 굉장히 사랑 아닐까. 하하. 역시 재밌는 녀석이야. 그는 그녀와 함께 식기세척기와 건조기와 스타일러를 골랐고 거실에 텔레비전을 두지 않기로 결정했다. 청첩장의 디자인은 다양했고 스튜디오 촬영의 관습은 복잡했다. 그는 '신부가 원하는 대로'라는 대원칙을 세웠다. 가끔은 그녀가 원하는 것을 그녀보다 빨리 눈치채기 위해 노력하면서 할일의 목록을 순차적으로 지워나갔다. 그중 하나는 그녀를 따라 예비신자 및 혼인교리 교육을 이수하는 것이었다. 마침내 도심지의 작은 성당에서 그녀와 나란히 무릎을 꿇었다.

파이프오르간 소리가 울려퍼졌다. 스테인드글라스로 스미는 오후의 햇살이 반짝거렸다. 그녀의 웨딩드레스는 단상에 장식된 백합만큼 하얬다. 그녀는 꼭 그럴 필요가 있느냐는 입장이었지만, 그의 권유에 따라 아예 구매한 웨딩드레스였다.

사제가 "저는 결혼생활을 해보지 않았는데……"라며 말씀을 시작했고 하객들 사이에서 잔잔하게 웃는 소리가 났다. 그가 전에 들어본 적이 있는 유머였지만 어느 때보다도 매력적이었다. 사제가 그와 그녀의 이름을 부르며 신랑과 신부는 일어나 달라고 말했다. 그는 무릎을 꿇을 때 지난 삶의 일부를 잃은 듯했으나 일어나면서 남은 삶의 전부를 얻은 것 같았다. 식이 끝난 뒤 그녀는 또 우는 줄 알았다며 그를 놀렸다. 신혼여행으로 간 섬은 너무 멀어서 이 세상 같지 않았다. 캐리어를 끌고 돌아와 함께 살 집의 현관으로 들어설 때, 그녀는 그에게 "피곤하지?"라고 물었다. 그는 "아니, 전혀"라고 대답했다. 그가 그 집에서 한 첫번째 거짓말이었다.

평일 저녁이면 각자의 직장에서 돌아와 거실 식탁에 마주앉았다. 따뜻한 음식을 천천히 먹었고 "그래"라거나 "지금?" 같은 짤막한 말을 나누다 웃었다. 가끔 그녀가 푸념을 섞어 늘어놓는 직장 이야기를 그가 전부 이해한 것은 아니었다. 그러나 그는 설거지를 하고 차를 끓이고 목욕물을 받을 수는 있었다. 그는 금요일에는 그녀를 태우고 근교에 갔고 토요일에는 마트에서 카트를 밀었으며 일요일에는 짜파게티 요리사가 되었다. 짜라짜 라짜짜 짜아파게티. 그는 주방에서 그 노래를 흥얼거렸다. 그녀가 지나가다 "당신이 이런 사람인 줄 알았으면 내가……" 하면서 그의 엉덩이를 팡팡 쳤다.

첫 결혼기념일에는 기념사진을 찍었다. 그녀는 웨딩드레스를 꺼내 입었고, 그는 그녀가 선물한 흰 바지를 입었다. 아이를 갖자는 계획을 세웠고 즐겁게 노력하다가 나중에는 병원을 드나들었다. 기계와 약물. 체조와 명상. 그렇게 일 년을 보내고 첫 임신에 성공했다. 그 아이는 팔 주 만에 유산되었다. 태명을 정하기도 전이었다. 그녀가 병원 침상 위에서 울었던 이틀 동안 그는 가습기의 물을 갈고 과일을 깎고 그녀의 손등을 쓰다듬었다. 임신 자체를 인지하지 못한 경우를 포함해 열 명 중 네 명은 자연유산을 겪는다는 통계는 도움이 되지 않았다. 그즈음 어느 퇴근길에 그는 처음으로 혼자 성당에 들렀다. 성가대의 노래가 흘러나오는 동안, 그는 성당 밖 벤치에 잠시 앉아 있었다.

그가 서른아홉이 되고 몇 달이 지난 어느 밤. 신음과 비명과 울음 속. 뭐가 뭔지 알기 어려웠는데 간호사가 그의 손에 서늘하고 날카로운 물건을 쥐여줬다. 가위였다. 그는 탯줄을 잘랐다. 간호사가 핏덩이를 수건으로 닦아내며 낭랑하게 말했다.

"밤 열한시 사십구분이고요. 여아예요. 눈, 코, 입 뚫려 있고요. 귀 두 개요. 손가락 하나 둘 셋 넷 다섯…… 발가락 하나 둘 셋 넷 다섯…… 외관상 특이점은 없어요. 축하드립니다."

그것이 꼬물거리는 손으로 그의 손가락을 움켜잡았다. 사람이었다. 사람이 사람을 낳다니. 열 달 동안, 어쩌면 평생 아내의 몸에서 일어난 신비하고도 가혹한 일에 대하여 그는 겸손해졌다. 그는 아기를 돌보다가 출근했고, 아기에게 좋은 음식이나 장난감 따위를 검색하다가 퇴근했다. 아내의 경력 손실을 최소화하기 위해 그는 남직원은 육아휴직을 사용하지 않는다는 사내 불문율을 깼다. 몇몇 상사가 빈정거렸지만 그는 개의치 않았다. 회사에는 그와 같은 직군으로 이백여 명이 근무했고 그중 열한 명은 정확히 그와 같은 역할을 하고 있었다. 하지만 세상 어떤 무대에서도 그녀의 남편은 자신 하나뿐이었고 그 사실을 떠올리면 알 수 없는 용기가 솟았다.

무럭무럭 자라날 아기를 고려해 더 큰 집을 구했다. 이사하면서 구청 수영 대회에서 받은 동메달은 챙겼지만 목공방에서 만든 스툴은 버렸다. 젊은 때 입던 옷가지의 반 정도를 기부했고 오래된 전자기기 몇 가지를 폐기 업체에 넘겼다. 그중 노트북에는 블랙박스 영상이 저장되어 있었지만 그는 이미 잊은 뒤였다. 새로운 집에서의 첫번째 밤, 짐 정리가 덜 된 거실에서 조촐한 축하를 하기로 했다. 뜯지 못한 상자와 조립해야 할 가구, 신문지로 싼 화분과 장난감 자동차 사이의 식탁. 작은 케이크 위에 초가 하나 꽂혔고 그가 거실의 조명을 껐다. 식탁을 둘러싼 어둠과 창밖의 밤. 그는 멀리에서 굶고 울고 헤매는 사람들, 부딪히고 무너지고 있을 것들을 잠시 애도했다. 그리고 촛불 하나가 밝히는 식탁과 그녀, 그녀가 안고 있는 아기를 보았다. 그러고 보니 결혼하고는 같이 연극도 한 편 못 봤네, 생각하며 그가 식탁으로 다가가려 할 때 그녀의 말.

"잠깐."

그가 엉거주춤 멈춰 "왜?"라고 묻자 그녀는 깜빡한 무엇을 떠올리려는 듯 그를 보다가 말했다.

"아니. 아무것도 아니야."

그는 폴라로이드 사진처럼 작고 예쁜 풍경 속으로 걸어가 그의 아내와 아기의 곁에 앉았다. 아기가 무언가를 붙잡으려 허공에 팔을 뻗어 휘두르다 웃음을 터뜨렸다. 그녀가 아기의 이름을 부르며 "뭐가 재밌니, 응?" 하고 덩달아 웃었다. 그는 어떤 것들은 예고될 수 없으며 호명될 뿐이라고 생각하며 담대해졌다. 당장 해야 할 일은 단순하고 명료했다. 그는 촛불을 끄고 어둠 속에서 손뼉을 쳤다.

김지연

내가 울기 시작할 때

사후 세계에 관한 여러 가설을 세워본 적이 있다. 야자를 땡땡이치고 바로 옆 중학교 운동장 한쪽, 가로등 불빛도 없는 계단 구석에서 몇몇과 어울려 놀던 고등학생 때였다. 누군가 대한민국에서 고등학생으로 살아가는 것에 대해 신세한탄을 했고, 모든 게 허무하다는 말이 오갔고, 어차피 죽으면 다 끝이라는 데에 이르렀다. 우리 중에는 기독교 신자도 있었고 불교 신자도 있었고 무신론자도 있었다. 나는 그때까지 신을 믿지도 안 믿지도 않은 채로 살고 있었다. 별 생산성 없는 말들, 누구도 자신의 의견을 굽힐 마음이 없는 말들이 여러 차례 오간 다음에 어둠 속에서 누군가 말했다.
　죽는다는 건 어쩌면 그냥 마음이 산산이 흩어지는 건지도 모르지.

다른 누군가가 그게 무슨 말이냐고 되물었다.

처음에 기능을 다하는 건 몸뿐이지만 그렇게 되면 마음이 머물 곳이 없어지니까 마음은 산산이 흩어질 수밖에 없지. 그러면 너라고 할 만한 것은 완전히 사라지고 마는 거야. 너는 여러 마음들의 집합체 같은 거라서.

누구지? 운동장에 모인 사람은 예닐곱 정도였다. 처음엔 둘이었는데 차츰 불어났다. 어둠 속에서 발소리로 가까워져서는 곁에 쪼그려앉았으므로, 이름을 밝힐 새도 얼굴을 밝힐 불빛도 없었으므로, 누가 누구인지 알 수 없었다. 그때 누가 선생이 떴다고 속삭였다. 나는 어둠 속에 완전히 묻히기 위해 무릎을 가슴팍까지 바짝 끌어당기면서 우리들 사이에서 마지막으로 흘러나왔던 말을 떠올렸다. 너는 여러 마음들의 집합체 같은 거라서. 애초에 마음들은 내가 생겨나기 전에 여기저기, 세계 곳곳, 멀리 우리은하의 끄트머리까지, 안드로메다은하 부근까지 흩어진 채로 머물 만한 곳을 탐색하다가 내 몸이 생겨나자 빠르게 이곳으로 모여든 걸까. 어떤 마음은 아직 오고 있는 중일 것이다. 어쩌면 몸이야말로 나의 가장 깊은 곳인지도 모른다. 그러니까 몸이야말로 나의 가장 내밀한 곳. 몸은 마음의 심연. 아니, 그때는 그런 것까지 떠올리지는 않았고, 그냥 그 말을 하던 친구의 목소리가 참 좋다는 생각만 하고 있었다.

한참 숨죽인 채 침묵하고 있는데 선생이 손전등으로 우리가 있는 계단 쪽을 훑었다. 들켰다고 생각한 순간 노란 빛이 사라졌고 고개를 들어보니 선생은 반대편으로 걸어가고 있었다.

우릴 못 봤나?

선생이 완전히 사라진 걸 확인하고 누가 속삭였다.

나 완전 들키는 줄 알았는데.

나도. 어떻게 못 보고 그냥 가지?

우리는 낄낄거리며 원래의 분위기로 돌아갔다. 나는 조금 전의 이야기가 이어지기를 기대했는데 옆 반의 스캔들로 화제가 바뀌었다. 건성으로 흘려들으며 그애가 다시 입을 열기를 기다렸지만 목소리는 들리지 않았다. 그래서 누가 그 말을 했는지 영영 알 수 없게 되었다. 야자를 마칠 시간이 되자 하나둘 자리를 뜨기 시작해 다시 둘만 남았다.

안 가?

친구가 일어나 엉덩이를 탈탈 털며 물었다. 가야지, 대답하려는데 다른 누군가가 입을 열었다.

가야지.

또 누가 있었나? 옆에서 슥 그림자가 일어났다. 나는 그대로 쪼그려앉은 채 나란히 걸어서 운동장을 빠져나가는 두 사람의 그림자를 지켜보았다.

죽은 지 일 일째, 심연을 잃어버린 기분이다.

*

 삼의 본명은 삼이 아니었지만 사귄 지 얼마 안 되어서 삼이 자기를 삼이라고 불러달라고 했다. 남자친구를 삼이라고 부르는 건 영 내키지가 않아서 웬 헛소리냐고, 싫다고 거절했는데 삼이 끈질기게 주장해서 어쩔 수 없이 몇 번 삼이라고 불러주었고 나중에는 그게 너무 익숙해져서 진짜 이름을 까먹어버렸다.
 삼과는 화실에서 처음 만났다. 삼은 내게 자주 말을 걸었는데 대개는 그림에 관한 이야기였다. 나무를 많이 그리네요, 파란색을 좋아하시나봐요, 직선을 조금만 덜 쓰면 좋지 않을까요? 처음엔 보조 교사인 줄 알았다. 며칠째 선 긋기 연습만 하고 있는 걸 봤지만 몸이 굳지 않도록 손을 푸는 거라고 생각했다. 그래서 그런 간섭을 그냥 참고 넘겼는데 선 긋기 연습을 하는 삼에게 원장이 다가가 이제 구를 그려볼까요, 라고 말하는 걸 보고서야 그가 완전히 초보라는 걸 알 수 있었다. 그뒤로는 삼이 내게 하는 말을 가만히 듣고만 있지 않았다. 나는 삼이 입을 닥치고 내 앞에서 꺼져줬으면 좋겠다는 마음으로 내가 품고 있던 생각들을 거리낌없이 이야기했다. 가장 힘주어 말한 대목은 나는 옛날 남자친구를 죽일 작정이라는 것이었다. 어째서냐고 묻길래 있었던 일들을 숨김없이 털어놓았다. 삼은 고개를 끄덕이더니 죽여 마땅한 놈인 것 같다고 말했다. 그러면서 자긴 아버지를 죽이고 싶다고 했다. 아버지를 죽일 방법에 대해 자주 궁리해본다고. 하지만 그러고 싶다는 마음뿐이고 그 마음만으로는 처벌을 받지 않을 거라고 했다. 우리는 둘 다 죽이고 싶은 사람이 있다는 공통점으로, 또 죽일 방법들을 공유하면서 가까워졌다. 대개는 실현될 수 없는 것들이었고 때문에 우리는 우리의 악의를 소중하게 간직할 수 있었다.

삼은 화실을 오래 다니지 않았다. 자신에게 필요한 건 선 긋기와 원 그리기뿐이었다는 듯 기초 과정을 끝내자 화실을 그만뒀다. 나 역시 도통 그림 실력이 나아지지 않는 데 지쳐서 그만뒀다. 초등학생 대상의 보습학원에서 시간제 강사로 일하며 버는 빠듯한 벌이에 수강료가 부담이 되기도 했다. 내가 화실을 그만둠과 동시에 화구들을 상자 속에 넣어두고 꺼내지 않은 것과 달리 삼은 집에서도 혼자 그림을 그렸는데 삼이 그린 것을 보면 늘 선과 원뿐이었다. 삼은 눈에 보이는 것을 그리는 것이 아니라 눈에 보이지 않는 것, 아니 보려면 볼 수 있는데 맨눈으론 볼 수 없고 현미경으로 들여다봐야 보이는 것들을 그렸다.

삼의 자그마한 책상 위는 깨끗하게 정돈되어 어릴 적 과학실에서 보았던 현미경과 켄트지와 끝을 날카롭게 깎아놓은

2B와 4B연필만 올려져 있었다. 삼은 회사에서 돌아오면 현미경이 잘 놓여 있는지부터 살폈다. 혼자 사는 집이었고 도둑이 들 리도 거의 없는 반지하인데 어째서 그러느냐고 물었더니 삼은 큰맘 먹고 산 거라 자기가 정말 그걸 산 게 맞는지 헷갈려서 그렇다고 했다. 얼마나 큰맘을 먹고 샀는지 궁금해서 얼마짜리냐고 묻자 삼이 대꾸를 않아서 나는 십만원쯤, 아니 이십만원쯤일 것이라고 내 나름의 거액을 현미경에게 매겨주었다.

나는 일할 때 말고는 대부분의 시간을 삼의 집에서 보냈다. 삼은 책상에 앉아 현미경 재물대에 아주 자잘한 것을 올려놓고 접안렌즈로 들여다보며 그림을 그렸다. 삼은 주로 우리가 공원을 산책하며 주워온 삼나무 나뭇잎들을 그렸다. 삼은 삼나무가 가장 좋기 때문에 삼나무를 그린다고 말했다. 그래서 삼이라고 불러달라 했던 거냐고 물으니 꼭 그런 것만은 아니지만, 이라고 할 뿐이었다. 왜 삼나무를 좋아하냐고 묻자 삼은 책상 아래 발을 올려놓고 있던 공간 박스에서 『마음의 진화』라는 책을 꺼내 펼치더니 읽기 시작했다.

우리는 포유류고 모든 포유류는 파충류 조상에서 나왔으며 파충류의 선조는 어류였고 어류의 조상은 벌레와 비슷한 해양 생물이었으며 그 해양 생물은 다시 몇억 년 전에 단순한 다세포생물로부터 나왔고 그 다세포생물은 지금부터 약 삼십 억 년 전에 자기 복제하는 거대분자에서 유래한 단세포생물에서 나왔다. (……) 우리는 모든 침팬지 모든 벌레 모든 풀잎 모든 삼나무와 조상이 같다.

삼은 흐뭇한 듯 낭독을 마쳤지만 나는 그래서 삼나무가 왜 좋은데? 하고 되물을 수밖에 없었다. 왜 침팬지나 벌레, 풀잎이 아니고 삼나무인지 삼은 대답해주지 않았다. 삼은 아무 말 없이 다시 그림을 그렸다. 연필을 뾰족하게 깎고서 길게 뻗은 직선과 몇 개의 원들, 타원들, 얽히고설킨 그물들, 반복되는 것들을 말없이 그렸다. 접안렌즈에 눈을 갖다대고 한참 들여다보다가 켄트지에 가느다란 선과 원 그리는 일을 반복했다. 언젠가 나는 현미경으로 삼나무 잎을 들여다보며 삼이 그린 것과 비교해본 적이 있는데 삼은 좀처럼 함정에 빠지는 일이 없는지 그 둘은 아주 닮아 있었다. 아주 잘 그린 것 같았다. 하지만 이게 다 무슨 소용이람. 나는 자주 그런 생각을 했다.

삼에게 그림을 그릴 시간은 많지 않았다. 삼은 저축은행의 추심팀에서 일했다. 채무자의 집에 찾아가 문을 두드리고 도주로를 차단하기 위해 집 앞에 서 있고 차에서 기다리는 그런 일들을 했다. 열심히는 했는데 남는 돈은 별로 없었다. 삼은 학자금 대출을 아직 다 갚지 못했고 할머니에게 생활비를 보내고 있었으며 동생이 자주 돈을 빌리러 온다고 했다. 뭣 하러 돈을 빌려주냐고, 모르는 척하라고 했더니 삼은 동생인데 어떻게 그러느냐고 했다. 큰돈도 아니고 오만원, 십만원 정도라고도 했다. 잘은 몰라도 그 돈들이 차곡차곡 모여 천만원쯤은 가뿐히 넘어섰을 것이다.

삼이 그림을 그릴 때 나는 침대에 누워 삼의 블루투스 스피커를 내 스마트폰과 연결해 멋대로 음악을 틀곤 했다. 삼은 네가 틀어놓은 음악 때문에 얘들이 떨고 있잖아, 하고 말했다. 진동 때문에 세포들이 자꾸 떤다는 것이었다. 나는 그것까지도 그리라고 했다. 떨림을 어떻게 옮겨 그릴 수가 있을까. 나는 그런 것까지는 알지 못한다. 삼도 그럴 수는 없다고 했다. 그래서 음악을 꺼달라는 뜻이냐고 물으면 삼은 꼭 그런 것은 아니라고 했다. 그때에는 나도 삼의 화법에 익숙해졌기 때문에 그 말이 꺼달라는 부탁이라는 것을 알았다. 너는 일을 할 때도 그러느냐, 돈을 갚으셔야 한다고 말했을 때 채무자가 나더러 이걸 갚으라는 뜻이냐고 되물으면 꼭 그런 것은 아닙니다, 하고 말하느냐, 그렇게 물은 적이 있다. 그러자 삼은 그건 일이므로 누군가 그런 질문을 한다면 꼭 그런 것입니다, 하고 대답할 거라고 말했다. 일을 할 땐 그런 단호함이 있는 사람이라고 생각하니 좀 안도가 됐다.

또 어느 날엔가는 삼이 블루투스의 어원을 알려주었다. 그건 10세기에 살았던 바이킹의 이름을 딴 것인데 그는 스칸디나비아반도를 통일한 사람이라고 했다. 그처럼 무선통신 규격을 통일한다는 의미로 블루투스라는 이름이 붙여진 거라고.

이름이 '푸른 이'인 것은 그의 치아가 지나치게 하얀 탓에 달 밝은 밤이면 푸르게 빛났기 때문이라고 덧붙였다. 밤에도 그 푸른 이를 보며 따라가면 길을 잃지 않았던 것처럼 선이 없이도 하나의 기기가 다른 기기를 좇아갈 수 있다는 뜻도 있다는 것이었다. 정말이냐고 묻자 현미경으로 잎맥을 들여다보던 삼은 잠깐 대답이 없더니 접안렌즈에서 눈을 떼고 켄트지 위에서 연필을 움직여가며 농담이라고 말했다. 어째서 그런 재미도 없는 농담을 하는 거냐고 묻자 나를 웃기고 싶었기 때문이라고 해서 조금 놀랐다. 얼마 뒤에 삼은 실은 그런 게 아니라 내가 얼마나 자기 말에 귀를 기울이는지 확인하고 싶어서 그랬다고 했다. 왜 그런 걸 확인하고 싶은 거냐고 물으려다가 묻지 않았다. 그러나 삼은 마치 내 마음을 읽은 사람처럼 그에 대해 말해주었다. 하지만 그건 내가 요구한 답이 아니었으므로 귀담아듣지 않았다. 켄트지는 영국의 켄트주에서 처음 만들어졌기 때문에 붙여진 이름이라고 삼이 말해주었을 때에도 나는 아, 그렇구나, 하고 고개를 끄덕였지만 나중에 인터넷에서 켄트지의 유래를 찾아보았다.

나는 음악을 끄지 않았고 삼도 그에 대해 별다른 말을 않았다. 어쩌면 떨림까지도 옮겨 그리는 데 성공했는지도 모른다. 아니면 떨림을 무시할 수 있게 되었거나. 삼은 나중에는 음악을 들으며 그림을 그리는 데 익숙해진 듯 음악을 따라 흥얼거리기도 하고 마음에 드는 곡은 누가 부른 거냐, 제목이 뭐냐, 묻기도 했다. 나는 그런 곡은 따로 표시를 해두었다가 3이라는 제목의 폴더를 만들어 담아두었다. 그래서 삼이 열심히 그림을 그릴 때 그 노래들을 틀어주기도 하고 가끔 나 혼자일 때도 삼의 기분이 궁금해지면 그 노래들을 들었다.

삼이 말했다.
노래 불러줄까.
내가 대답했다.
그래.
삼은 노래를 불러주었다. 난생처음 듣는 그 노래는 끊길 듯 끊기지 않고 계속되어서 나중엔 오래전부터 잘 알고 있던 노래처럼 여겨졌다.
좋다.
간명한 내 감상에 삼이 노래를 멈추고 물었다.
이 가수 좋아해?
아니 누군지 몰라. 노래 말고 목소리. 니 목소리가 좋다고.
삼은 잠깐 웃었고 그 웃음소리마저도 좋았다. 다정하고 부드러운 삼. 매일 아침 일어나 어디론가 가서 추심명령을 읊는 삼.

삼은 자신의 일이 그다지 중요하지 않은 것처럼 말했다. 자신의 삶에 아무런 영향도 끼치지 못하며 그로 인한 스트레스도 거의 없는 것처럼 일에 대한 이야기는 거의 하지 않았다. 왜 그러느냐고 물었더니 삼은 실제로 그렇기 때문이라고, 그일은 아무 의미도 없고 자신의 삶에 아무런 영향도 끼치지 못하기 때문에 그에 대해 언급할 필요를 느끼지 못한다고 말했다. 그 의미 없는 일을 하느라 삼은 적게는 아홉 시간에서 많게는 열다섯 시간까지 회사에 있었다. 하루의 반을 의미 없는 일을 하느라 보내고 남은 시간에는 대체로 잠을 잤다. 겨우 깨어 있는 시간에 삼은 의미 있는 일들을 했다. 삼은 나중에 그 모든 일에 익숙해졌다. 일이 힘들지 않으냐고 물었더니 기공을 그리다 문득 고개를 들고서 힘들지 않다고 말했다. 삼의 눈을 가까이서 보면 흰자에 시뻘건 실핏줄이 이리저리 뻗쳐 있었다. 밤새 그림을 그린 날에는 눈 전체가 벌겋게 충혈되어 있었다.

어느 여름밤에 침대에 누워 그림 그리는 삼의 뒷모습을 보다가 잠들었는데 새벽 무렵 입이 바짝 말라 잠에서 깼다. 아직도 안 잤느냐고 묻자 삼은 가로등이 꺼지는 것을 보고 잘 거라고 했다. 이불 속에 그대로 누워 머리맡의 창을 올려다보니 가로등 하나가 눈에 들어왔다. 하늘은 완전히 검지 않은 남빛이었다. 잠시 후 가로등 불이 꺼졌다. 바로 꺼지는 게 아니라 서서히 빛이 사그라졌다. 삼은 가로등이 켜지거나 꺼질 때 단번에 불이 들어오고 나가는 것이 아니라 서서히 밝아오고 어두워가는 것처럼 보이는 경우가 있는데, 그건 그저 착시라고 했다. 이미 빛은 완전히 있는데도 혹은 완전히 없는데도 눈이 재빠르게 인지하지 못한다는 것이었다. 그 말은 얼핏 들어도 농담 같았다. 삼은 이런 골목길의 가로등 아래로는 밤 동안 평균적으로 다섯 명의 사람이 지나간다고도 말했다. 다섯 명은 너무 조금인 것 같다고 잠결에 생각하는데 삼은 아무도 안 지나가더라도 이렇게나 어두운 골목이므로 가로등은 세워진다고, 그렇게 법으로 정해져 있다고 얘기했다. 그런 법이 있다니, 그건 그다지 가혹하지가 않네, 하고 생각하면서도 나중에 인터넷으로 확인해봐야겠다고 마음먹었지만 다시 깼을 땐 까먹어버렸다. 목이 마르다고 했더니 삼은 냉장고에서 물병을 꺼내 한 잔 따라주고는 이불을 비집고 들어오면서 오늘은 내내 아무도 안 지나가더라, 하고 말했다. 나는 너무 졸렸던 까닭에 진짜? 그거 농담이지? 하고 묻지 못하고 흥, 웃기만 했는데 삼이 농담이야, 하고 말했다. 나는 물을 꿀꺽꿀꺽 들이켰다. 차가운 물이 몸속 구석구석을 찌르르 흐르는 것이 느껴졌다. 몹시 목이 말랐던 탓인지 물은 아주 달았다. 바짝 말랐던 혀도 금방 축축해졌다.

그날 삼은 아버지를 죽인다. 목숨이 끊어진 것을 확인한 다음 먼 데로 달아나는 것까지가 계획이었으므로 엄밀한 의미에선 실패다. 삼은 어두운 거실에 넋 놓고 앉아 있다가 발각되고 뉴스에도 나온다. 면회를 가자 삼은 후회한다고 말한다. 왜 내가 도망가지 않았을까. 도망갈 수 있었는데 안 갔어. 그때의 마음이 짐처럼 남아 있다고, 삼은 계속 후회한다.

꿈에서 깬 나는 내 곁에서 잠든 삼을 껴안았다. 여름밤을 지나며 남은 약간은 시큼한 냄새를 맡자 삼이 누구도 죽이지 않았다는 게 실감났다. 그것은 조금 고약할지언정 적어도 내게는 악취가 아니었다. 나는 삼의 어깨에 머리를 묻고 숨을 잔뜩 들이켤 수 있었다. 그러나 가만히 있기만 해도 냄새를 풍기는 것은 사실이었다. 냄새가 더 퍼져나가지 않도록 감추어야 했다. 하루의 잠만으로도 금세 냄새를 풍기는 삼. 눈을 뜨면 착실히 간밤의 냄새를 씻어내는 매일매일의 삼.

꿈 이야기를 하다가 우리의 살인 방법 리스트에 하나를 더 추가하자고 말하자 삼이 이제 그만하라고 했다. 우리는 이제 아무도 안 죽여도 되지 않냐고. 그러고 며칠 뒤 함께 미드를 보는데 열댓 살쯤 돼 보이는 소녀가 어떤 남자에게 총을 겨누는 장면이 나왔다. 남자는 소녀의 엄마를 죽인 살인자였고 그 사실을 알게 된 소녀가 남자를 쏴 죽이려는 참이었다. 그때 소녀의 뒤쪽에서 형사가 나타나 총을 내려놓으라며 소녀를 설득하기 시작했다. 하늘에 계신 네 엄마도 네가 이러는 건 원치 않으실 거야. 이러면 너도 저놈과 똑같아질 뿐이야. 그 말에 감화된 듯 소녀는 울먹이며 손에 든 총을 내려놓았다. 내가 저 애 엄마였다면 원했을 거라고 삼에게 말했더니 삼이 그건 애한테 너무 가혹하지 않으냐고 말했다. 아이를 가혹하게 대하는 건 법뿐이라고 나는 설명했다. 저놈과 소녀를 똑같은 사람으로 만들어버리는 것도 법뿐이라고. 그래도 삼은 계속 고개를 저었다. 말은 그렇게 하지만 너도 결국엔 그런 걸 원할 순 없을 거야. 삼의 말이 다 맞았다. 나는 남은 삶 내내 아무도 죽이지 못할 것이다. 아무도 죽이지 않아도 된다. 그래서 다행이라고 여겼다. 그러나 또 어느 밤에 불을 다 끄고 누우면, 부들거리는 이불을 머리끝까지 덮고서 발가락을 꼼지락거리며 잠이 오기를 기다리는 동안 다른 기억들이 마구 떠오를 때면, 안 죽이면 안 될 것 같은데, 하고 생각해버리는 것이었다. 그렇다고 당장, 혹은 먼 훗날에라도 죽일 수 있는 것은 아니어서, 나는 삼이 날카롭게 깎아놓은 연필심을 부러뜨리거나 공들여 그린 그림을 손바닥으로 문질러버리곤 했다. 그뿐이었다. 삼은 부러진 연필을 보고 이게 얼마짜린 줄 아냐고 한숨을 쉬며 커터 칼로 다시 깎았지만 뭉개진 그림을 보고는 아무 말도 하지 않았다. 삼은 늘 농담만을 말했고 문제가 될 만한 건 말하지 않았다.

  삼은 큰돈을 꾸고 갚지 못하는 사람들을 보면 대개 가족 중 누구 하나가 불치병을 앓고 있다고 말했다. 그러니 살아남으려면 돈이 많아야 한다고 말했다. 누구에게나 닥칠 수 있는 불행을 극복하려면 돈이 많을수록 유리하다고 말했다. 가난은 일종의 질병이라고 할 수 있는데 사소할 수 있는 이 질병을 불치병으로 키우는 것이 국가라고 말했다. 나는 그걸 누가 몰라, 하고 대꾸했다. 하지만 삼은 국가가 문제라고 말하면서도 뉴스를 보지 않았고 선거철이 되어도 투표하지 않았으며 자기가 힘을 보태 사회의 어떤 부분을 바꿀 수 있을 거라고 기대하지도 않았다. 그저 열심히 회사에 다니며 채무자들에게 문자를 보내고 전화를 하고 집으로 찾아가 추심명령을 전달했다. 삼은 그때마다 자신이 채무자들을 비난하는 기분이 든다고 했다. 왜 아직도 가난한 거야, 하고. 그러는 삼도 가난하기는 마찬가지여서 스스로 답을 내릴 수가 있었다. 이십사 시간 동안 일만 한다고 해도 그저 살아 있느라 드는 비용을 충당할 수가 없기 때문이었다. 삼의 결론은 그래서 아프지 말아야 한다는 것이었다. 삼은 병의 발생이 의지와 관련된 것처럼 말했다.

그 때문에 삼이 부모님은 건강하시지, 하고 묻는 말이 전에는 속깊은 안부 인사인 것만 같았는데 이후로는 우리 가족의 경제 사정을 가늠하려는 말처럼 들렸다. 결국 어느 날에 나는 삼이 묻는 안부 인사에 대한 답으로, 아빠가 얼마 전에 위내시경 검사를 받았는데 이상 소견이 발견되어 조직 검사를 하고 결과를 기다리는 중이라고 말했다.

얼마 뒤 우리는 헤어졌다. 아빠의 조직 검사 때문은 아니고 내가 삼에게 드라이아이스를 먹인 때문이었다. 진짜 먹이려 했던 것은 아니었는데 눈을 감고 입을 아, 벌린 채 아이스크림이 들어오기를 기다리던 삼이 입 앞까지 가까워진 냉기를 느끼고 고개를 앞으로 내밀며 스푼 위의 것을 덥석 삼켰다가 혀가 탈 듯한 통증에 깜짝 놀라 뱉어냈다. 눈을 뜬 삼은 드라이아이스가 바닥에 떨어져 있는 것을 보았다. 드라이아이스는 아무 일도 없다는 듯 주변의 온도에 따라 승화되어 바닥에는 축축한 습기만 남을 것이다. 더 나중에는 그런 게 거기 있었다는 사실도 알 수 없게 될 것이다. 난 정말 모르겠어, 하고 삼이 말했다. 그건 당연했다. 영영 모를 거야, 라고도 했다. 그건 뜻밖이었다. 그리고 삼은 양손으로 얼굴을 감싸며 헤어지자고 말했다. 몇 번이나 참았다가 겨우 말한 것일까, 나는 그런 생각을 했다.

얼마 후 전화를 걸어온 삼은 맛이 잘 느껴지지 않는 것 같다며 드라이아이스가 다른 것들의 온도를 다 빼앗아간다는 걸 아느냐고 물었다. 혀가 계속 너무 차갑다고도 했다. 그것도 농담일까. 내가 별 대꾸를 않자 삼은 그냥 전화했다고 말했다. 그래서 나도 그냥 평소처럼, 있었던 일들을 늘어놓았다. 학원에서 원장이 관리비를 좀 아껴야 할 것 같다며 선생들에게 화장실 청소를 시키기로 한 일이며 당연히 별도의 보상은 없는 점, 원장은 그 역할 분담에서 아무 책임도 지지 않는 것에 대해서도 이야기했다. 삼은 아, 그 원장 놈이, 하고 장단을 맞춰줬는데 나는 삼이 내 이야기를 제대로 듣고 있는 건지 확신할 수 없었다.

어떤 한 시기에 우리는 분명 운명 공동체였다. 서로에게만 느끼는 특별한 호감이 있었다. 함께할 일들의 목록을 작성하고 함께 밥을 먹고 함께 차를 마시고 함께 웃다가 함께 자고 함께 있었다. 아무 목적 없이 만나는 사이였다. 다른 연인들이 하는 대부분의 일들을 우리도 했다. 이제는 나와 삼을 우리라고 칭해서는 안 될 것 같지만 나는 우리라는 단어를 계속 쓰기로 작정했는데, 그게 효율적이라는 판단 때문이었다. 다른 적당한 표현을 찾기엔 게으르기 때문에. 그것은 마치 다른 적당한 표현을 찾기 어려워 그 근삿값인 사랑한다는 말을 하는 것과 비슷했다.

나는 우리가 서로를 사랑한다고 믿었지만 사실 우리는 서로를 별로 사랑하지는 못했다. 한 번도 사랑한다고 말하지도 못했다. 왜 하지 못했을까. 물론 나는 삼을 좋아했다. 삼도 그랬을 것이다. 삼이 나를 아끼고 좋아해주었다는 점은 말 이외의 행동들로 대부분 전달되었다. 그래도 나는 우리만의 언어를 발명하고 싶었다. 그게 서로의 마음을 전달할 효율적인 방법이라고 설명하자 삼은 언어란 건 상대를 속이려고 만들어진 거라고 말했다. 거짓말하려고. 부끄러워서 얼굴이 붉어진 건데 더위를 많이 타서 그런 거라고 변명하려고. 사랑하지 않는데 사랑한다고 말하려고.

얼마간의 침묵이 지난 다음에 할말이 완전히 바닥난 나는 아빠가 결국 위암 판정을 받았다고 말했다. 그것만으로는 그렇게 절망적인 건 아닌데 또다른 데로 전이가 됐다고 말했다. 삼은 한참 침묵하더니 아버지의 쾌유를 빈다고 말해주었지만 나는 도저히 그게 진심이라고 생각할 수가 없어서 전화를 끊고 나서 한참을 울었다. 하지만 삼은 그 누구보다도 진심이었을 것이다. 그런 상황에서 쾌유를 빌지 못하는 사람은 나뿐인 것이다. 나는 왜 이런 인간인가, 하는 생각으로 다시 울었는데 다 울고 나니 번다한 생각들이 모두 다 용해된 느낌이었다. 그렇게까지 울기 위해서는 엄청난 열의와 압력이 필요했다. 절대 사라지지 않을 것만 같았던 악감정들을 온몸으로 울면서 모두 죽여버린 기분이었다. 때로 울음이 정화인 것은 어떤 살해에 성공했기 때문인지도 모르지. 나는 물기가 말라 뻑뻑해진 눈알을 굴리며 아무 목적도 없이 천장 구석구석을 살피다가 한참 만에 일어나서는 집으로 내려가기 위해 가방을 쌌다. 학원에는 아버지가 위독하다고 사정을 말하고 며칠 휴가를 냈다.

엄마도 남동생도 할머니도 울지 않았고 고모만 조금 울었다. 얼마나 큰 소리로 얼마나 오래 우는가로 슬픔의 정도를 측량할 수 있다면 아빠의 죽음에 그나마 슬퍼한 사람은 고모뿐일 것이다. 그 슬픔을 이기고 전과 다름없는 일상으로 금세 돌아갈 수 있었던 사람도 고모뿐이었다.

아빠가 죽은 이후 엄마는 좀처럼 먹지 않았고 남동생은 담배만 피워댔으며 할머니는 갑자기 많이 늙어버렸다. 명절에 할머니를 만날 때마다 할머니는 하나도 안 늙었어요, 라고 했는데, 그러면 할머니는 니가 태어났을 때 얼추 다 늙어 있었으니까, 하고 말했는데, 아빠가 죽고 나자 아직 늙지 않은 부분들이 한꺼번에 다 늙어버린 것 같았다. 화장을 마치고 집으로 돌아가는 택시 안에서 옆에 나란히 앉은 할머니의 손을 잡으며 할머니 왜 이렇게 늙었어, 라고 말했을 때 할머니는 잠든 듯 아무 말을 않았다. 할머니 왜 이렇게 늙었어, 다시 말하자 앞좌석에 앉은 엄마가 고개를 돌려 쉿, 하고 속삭였다. 할머니 주무시잖아. 동생은 창에 머리를 기댄 채 지나는 풍경만 응시했다. 생각해보니 할머니에게 처음으로 반말을 한 것이었다.

진단을 받고 죽음에 이르기까지는 오랜 시간이 걸리지 않았고 진단이 내려지기까지 별다른 징후가 있었던 것도 아니어서 나는 아빠를 죽인 것은 진단이 아니었을까 생각했다. 엄마는 자신이 차려온 음식들 때문이 아니었을까 생각했다. 할머니는 자신이 나쁜 것을 물려주었기 때문이라고 생각했다. 동생은 자기가 스트레스 요인이지 않았을까 싶다면서 자기도 위암에 걸릴까봐 걱정이 된다고 했다. 건강검진 받으러 가도 제일 먼저 확인하는 게 가족력이잖아, 누나. 그렇게 걱정이 되면 담배를 끊으라고 했더니 동생은 웃었다. 그냥 어쩌다 한 번 피우는 거야.

집에 머무는 며칠 동안 매일 밤 동생과 식탁에 마주앉아 맥주 한 잔씩을 마셨다. 동생은 발코니에 나가서 담배를 피웠는데 그때마다 경비실에서 인터폰으로 연락해 민원이 들어왔다고 했다. 엄마는 자주 누워 있었다. 티브이를 틀어놨지만 보지는 않는 것 같았다. 엄마가 기운이 없어 보여 걱정이라고 하자 동생은 어쩌면 당연한 것 같다고 말했다. 우리는 엄마랑 아빠가 허구한 날 싸우는 모습만 봤지만 둘은 팔 년이나 연애하다가 결혼했다고. 할머니가 엄청 반대했는데도 말이다. 몰랐었다. 연애결혼이라는 건 알았지만 팔 년이라니. 나는 그렇게 오래된 일이 바로 오늘의 감정에 영향을 미친다고는 여기지 않았지만 그때의 잔여물이 남아 있을 수는 있겠다고 생각했다. 그런 걸 앙금이라고 해, 누나. 그건 보통 부정적인 뜻으로 쓰인다고 말했더니 동생은 머쓱한 듯 맥주 한 모금을 들이켜고는 담배를 피우러 발코니로 나갔다. 한바탕 울고 난 다음에도 완전히 용해되지 못한 어떤 것들이 천천히 가라앉아 앙금이 된다. 앙금이 부정적인 걸 이르는 말이라면 긍정의 감정으로 가라앉는 것은 뭐라고 부르면 좋을까. 생각해봤는데 누나, 긍정의 감정은 다 녹아들겠지. 가라앉을 리가 없잖아. 담배를 피우고 돌아온 동생이 말했다. 어김없이 경비실에서 인터폰이 걸려왔고 동생은 네, 네, 하고 성의 없이 대답했다. 그렇게 며칠 집에서 각자의 슬픔을 감당하는 동안 나는 약속한 날짜에 학원에 돌아가지 못했고 해고 통보를 받았다.

일자리는 없어졌지만 가족들에게는 사정을 말하지 않고 다시 서울로 올라가기로 했다. 동생이 엄마가 너무 쓸쓸해할 거라며 가지 않으면 안 되냐고 나를 붙잡았다. 고향에는 안 좋은 기억만 있어 마음 둘 데가 없다는 거 너도 알지 않느냐고 거절했더니 동생은 내게 미안하다고 했다. 엄마는 용돈으로 쓰라며 봉투 하나를 내밀었다. 아빠의 조의금 중 일부였을 것이다.

서울로 가는 고속버스를 기다리고 있을 때 삼이 전화를 걸어와 현미경을 팔았다고 말했다. 중고가를 듣고 나는 깜짝 놀랐다. 그렇게 비싼 거였느냐고 묻자 그렇게 비싼 거였다고 삼은 말했다. 왜 팔았냐고 묻자 삼은 돈이 필요하기 때문이라고 대답했다. 왜 돈이 필요한 거냐고 묻지 않았는데 삼은 설명해주었다. 일을 그만두었다고 했다. 아, 하고 말았을 뿐 그에 대해 별다른 반응을 보이지 않자 삼은 다시 일을 그만둔 이유에 대해서도 알려주었다. 누가 죽었다고 했다. 누가? 채무자라고 했다. 왜? 사고였다고 했다. 어떤 사고? 새벽에 술에 취해 길을 건너다 차에 치였다고 했다. 그래서 너는 왜 일을 그만뒀다는 건데? 삼은 채무자가 술에 취하기 전날 그녀를 찾아갔었다고 했다. 홀로 아이를 키운다는 그녀는 삼에게 무릎을 꿇고 사정했다. 삼과 함께 간 상사는 담배를 피운다며 밖으로 나가버렸다. 삼에겐 아무런 권한이 없었고 삼도 어떻게 보면 회사에 종속된 채무자에 가까웠다. 이러지 마세요, 라고 삼은 말했다. 그녀도 삼에게 아무 권한이 없다는 걸 알았을 것이다. 그녀는 그 순간엔 울지 않았는데 삼은 그녀가 아마 자신이 찾아가기 전에 이미 울었거나 자기가 떠나고 난 뒤에 울었을 거라고 말했다. 어째서 그렇게 생각하냐고 물었지만 삼은 이유를 설명하지 못했다. 그러니까, 그건, 음, 하고 뜻 없는 단어들만 내뱉다가 화제를 돌렸다.

 삼은 내 머리카락을 그린 그림이 있는데 내게 주고 싶다고 말했다. 내 머리카락이 확실하냐고 물었더니 얼마 전에 베개에 붙은 걸 떼어냈는데 삼십 센티미터가 넘으므로 내 것이 틀림없다고 말했다. 나는 받고 싶지 않았다. 뭣 하러 헤어진 여자친구의 머리카락을 현미경으로 들여다보며 그림이나 그리고 앉아 있었던 거야, 하고 말해버렸다. 삼은 심심해서 그랬다고 말했다. 잎을 주우러 나가기도 귀찮았는데 마침 집에 그게 있어서, 어떻게 보면 침엽수의 잎 같기도 해서 그걸 그리기로 했다는 것이다. 현미경으로 들여다보니 더더욱 침엽수의 잎 같았다고 했다. 그러니까 우리는 모든 풀잎 모든 삼나무와 조상이 같다는 거냐고 묻자 삼이 웃었다. 그 소리가 반가워서 나도 덩달아 웃었다. 삼은 머릿속이 연결하고 싶지 않은 인과관계로 가득해서 집중할 무언가가 필요했다고 말했다. 내 머리카락을 그리는 동안에도 그 인과관계를 완전히 떨쳐버릴 수 없어서 그런 고민을 상사에게 말했더니 그는 자긴 그보다 더한 일도 숱하게 겪어왔다고 말했다고 했다. 삼에게 그 말은 앞으로 그런 일을 숱하게 더 겪을 것이라는 예고같이 들려서 삼은 내 머리카락의 테두리를 그리다가 일을 그만두기로 결심했다. 한동안은 수입이 없을 것이므로 현미경은 삼에게 사치였다. 그래도 그렇게 당장 팔 필요는 없지 않았느냐고 했더니 삼은 사실 그림 그리는 일을 이제 그만두기로 했다고 고백했다. 어째서냐고 물었다. 삼은 그런 걸 물을 줄은 몰랐다고만 말할 뿐 대답하지 않았다.

  나도 학원을 그만두게 되었다는 이야기를 했더니 삼이 잠깐 망설이다 아빠의 안부를 묻기에 돌아가셨다고 말했다. 삼은 어쩌면 기계적이라고 할 만한 몇 가지 조문의 말들을 읊었다. 그것은 완전히 몸에 체화되어야 가능한 것처럼 느껴졌고 그렇게 체화된 것이야말로 마음과 맞붙어 있는 것 같았다. 때문에 그 기계적이고 형식적인 조문의 말이 내게는 적잖은 위로가 되었다. 삼은 마지막에 나는 괜찮으냐고 물었다. 어째서 그 말에 모든 것이 녹는다는 생각을 했는지는 모르겠지만 나는 서울로 가는 버스에 앉아서 울고 말았다. 소리는 내지 않았는데 한참 말을 않자 삼이 눈치를 챘는지 혹시 우는 거냐고 물어서 그렇다고 대답했다. 삼은 울지 말라고 하지 않고 내가 울음을 그칠 때까지 전화를 끊지 않고 기다려주었다. 다 울고 난 다음에 나는 말없이 전화를 끊고 삼에게 고맙다고 문자를 보냈다. 삼은 건강하게 잘 지내라고 답을 주었는데 그러지 못해서 삼에게 미안하다.

삼이 울적할 때에 별다른 위로의 말을 건네지 못한 것도 미안하다. 삼을 이해하지 못한 것에 대해서는 미안한 마음이 들지 않는다. 처음에는 이해하려는 노력을 한 적이 없으니 이해하지 못한 거라고 생각했으나, 아니었다. 삼은 거슬러올라가보면 모두가 같은 조상을 만나게 된다고 이야기하면서 결국 우리는 하나의 점에서 폭발해 나온 것이 아니겠냐고 했다. 모두가 하나의 점에서 시작했기 때문에 아무리 이질적인 존재라고 해도 서로에게서 유사점을 발견할 수 있다고도 말했다. 나는 하나였던 무언가가 어떤 이질감을 도저히 견딜 수가 없어서 분화를 시작한 것이 아니겠냐고 대꾸했다. 태초의 무언가는 어느 날 불쑥 대분화를 시작했다. 하나가 둘이 되고 둘이 또 열이 되는, 자기 안의 도저히 화해할 수 없는 것들이 끝없이 쏟아져나오며 갈라지고 갈라지기를 거듭하는 어마어마한 속도의 분열이었다. 그러니까 태초에 무언가가 있었고 무슨 이유에선가 급작스러운 폭발을 시작했다면, 도무지 이해할 수 없는 것을 발견한 까닭에, 도무지 합의점을 찾지 못했기 때문이라고 믿고 있다.

한국에서는 삼십칠 분마다 한 명씩 자살한다고 한다. 어느 날엔가 함께 그런 뉴스를 보다가 삼이 내게 혹시 너도 자살 같은 걸 생각해본 적이 있느냐고 물었다. 우리는 그때 배스킨라빈스에서 하프 갤런 한 통을 사와서 마구 퍼먹어대고 있었다. 그래서 나는 죽으면 '바람과 함께 사라지다' 못 먹잖아, '엄마는 외계인'도, 하고 대충 말했다. 아이스크림에 그런 이상한 이름을 붙인 회사를 이해할 수 없어하던 삼은 내 대답을 듣고서 그런 사소한 이유로 살고 싶은 거냐고 물었다. 그런 사소한 이유로도 살고 싶은 게 사람이 아니냐고 나는 대답했다. 죽고 싶은 이유를 수십 가지나 가지고서도, 자기 같은 건 아무짝에도 쓸모없다고 생각하면서도, 밤마다 엉엉 울면서도, 아침이면 일어나 허기를 느끼고 무언가를 먹고 마시며 포만해지는 게 사람 아니냐고. 그러자 삼이 내 얼굴을 골똘히 보다가 눈감고 아, 해, 하고 말해서 눈을 감고 아, 했더니 내 입속으로 '바람과 함께 사라지다'를 한 숟갈 넣어주었다. 이 달달함 때문에 살고 싶은 거냐고 물어서 차가운 단맛을 침으로 녹이며 그렇다고 고개를 끄덕였지만 사실 나는 맹물을 들이켜면서도 살아 있는 게 낫다고 생각하는 사람이었다. 그러니까 자살은 아니었다.
 이것들은 모두 아주 오래된 일이다.

*

 죽은 지 이 일째 되는 아침에는 누군가 나를 깨우러 와줬으면 좋겠다고 생각한다. 하지만 그럴 리는 없다. 나는 혼자 살고 있었다. 동이 터올 때부터 요란스레 들리던 새소리가 언제인지 모르게 그쳐 있다. 남의 집 현관문이 열렸다 닫히는 소리가 들린다. 다시 또 삼십여 분 뒤에 비슷한 소리가 한번 더 들린다. 골목을 가로지르는 구두 소리가 들리기도 하고 오토바이 소리와 누군가의 노랫소리가 들리기도 한다. 그 소리들을 제외하면 이 거리의 주택가는 놀랍도록 조용하다. 낮 동안은 거의 아무 소리도 들리지 않는다. 가끔 바람이 세게 불어 방충망이 덜컹거릴 뿐이다. 저녁이면 귀가한 사람들로 다시 조금 소란스러워진다. 티브이 소리, 압력밥솥 소리, 전화벨 소리가 들린다. 그리고 내 폰으로 메시지가 도착했다는 소리도 들린다. 연달아서 한 번, 두 번, 세 번, 네 번, 다섯 번…… 조금 사이를 두고 다시 한번 더. 확인하고 싶다. 내가 죽은지도 모르고 계속 메시지를 보내는 저 사람은 누굴까.

셋째 날 아침에도 아직 마음의 여유가 있다. 누구라도 곧 나를 찾아줄 것이다. 나는 여전히 삶에 대해 기대하는 것이 있었다. 밤 동안은 가로등 불빛이 내 방으로 스며들었다. 나는 가로등 불빛이 좋다. 사위가 서서히 어두워지는 와중에 막 가로등이 켜지는 순간을 목격한 사람이 있다면 나의 그런 애착을 이해할지도 모르겠다. 동그랗고 노란 그 빛은 어둠 속에서도 자기를 잃지 않는 것 같았다. 넷째 날엔 어디서 빵을 굽는지 구수한 냄새가 온 동네에 퍼져나간다. 죽기 전에는 별로 맡아본 적 없는 냄새다. 다섯째 날엔 혀끝에서 쇠 맛이 난다. 공기 중에 그런 맛이 떠도는 것 같다. 여섯째 날엔 기분 나쁠 만큼 정교하게 생긴 작은 벌레가 몸에서 마구 솟아 나온다. 나는 어떤 것들에 대해 반복해 생각한다. 혀 위에 올려놓고 천천히 굴리면서 그것들이 완전히 녹아들 때까지. 일곱째 날엔 구수한 빵 냄새는 모두 사라지고 다른 불쾌한 것들만 남는다. 이건 내 냄새일까. 그리고 나는 날짜를 세는 걸 포기한다.

나를 발견한 사람이 어쩌면 삼인지도 모른다. 그는 어딘가 전화를 건 다음에 바닥에 주저앉아서는 이제 달리 할 수 있는 거라곤 그것뿐이라는 듯 울기 시작한다. 딱딱한 것이 녹아 뜨겁게 흘러내리는 울음소리에 마음을 의탁하고 싶어질 때, 나였던 것은 산산이 흩어지고 만다. 그래도 그때에는 마음 둘 곳이 몇 있어서 사람들은 잘 살다가도 불쑥불쑥 나를 떠올렸다.

---

* 소설에 나오는 책은 대니얼 데닛의 『마음의 진화』(이희재 옮김, 사이언스북스, 2006)이다.

김화진

근육의 모양

재인은 필라테스와 담배를 동시에 시작했다. 서른두 살의 겨울이었다. 건강에 도움이 되는 일과 건강을 해치는 일을 동시에 시작하면 결과는 플러스일까 마이너스일까 궁금했지만, 실은 재인이 관심 있는 것은 더하거나 빼고 난 값이 아니었다. 더 정확히 말하자면 어느 한쪽도 마이너스가 아니고 모두 플러스라고 여겼다. 필라테스를 하지 않아서 결국 좋지 않던 허리가 디스크로 망가져 입원을 하거나 수술을 해도, 혹은 늦게 배운 담배를 죽어라 피워대다가 폐렴이나 다른 나쁜 병에 걸려도 재인은 그것들을 모두 플러스로 쳤을 것이었다. 그것은 자신이 해본 것이므로. 잃거나 얻은 것이 아니라 해본 것. 투병이나 입원, 혹은 수술 같은 단순한 단어로 '해본 것' 리스트에 적어둘 것이었다. 해본 것은 더한다. 그것이 재인이 세운 단순한 원칙이었다. 해가 갈수록 안 하던 뭔가를 한다는 게 어렵고 생각만으로 마음이 바빠졌으나, 다행인지 불행인지 재인은 그가 작성중인 '해본 것' 리스트에 두 가지를 더 추가할 수 있었다.

처음 해보는 도전이나 시도에 걸림돌이 되는 것은 후회나 두려움처럼 한 단어로 설명할 수 없는 복잡한 감정들이었다. 처음 해보는 것이지만 여러 번 해본 사람처럼 능숙하게 하고 싶다는 사춘기적 마음, 다른 사람들에 비해 뒤처지고 싶지 않다는 마음, 해야 할 것을 제대로 이해하지 못하고 혼자 엉뚱한 짓을 해서 우스꽝스러워지고 싶지 않다는 절박한 마음 같은 것. 때문에 뭔가를 한다는 건 정말이지 부담스러웠지만, 그럼에도 재인은 '한다'와 '하지 않는다' 사이에서는 '한다' 쪽을 택했다. 결과적으로는 무조건 남는 게 있다고 믿는 편이었다.

재인은 다이어리에 그런 걸 적는 사람이었다. 스물세 살 이후부터 적은 것으로 기억하고 있는데, 고3 수험생 시절 힘든 입시를 견디려고 수능 D-100 다이어리 뒤쪽에 '신입생이 되면 꼭 해야 할 것들' 리스트를 만든 것까지 친다면 더 오래된 습관이었다. 스물세 살 이후에 적은 '해본 것' 리스트에는 이런 것들이 있었다. 논술학원 아르바이트. 원나잇. 양다리. 전액 장학금. 절교. 독립. 어떤 시기에 재인은 십대 애들을 무서워했지만 한 번만 더 마주해보기로 결심했고, 섹스는 사랑하는 사람과만 하는 게 아닐지도 모른다고 생각해보았으며, 동시에 두 사람을 사랑할 수 있다는 사실도 인정했다. 또 다른 시기에는 자신이 생각보다 성실한 사람인지도 모른다고 믿어보기로 했고, 오랜 친구와 헤어지는 일은 생각보다 쉽다는 걸 깨달았으며, 가족을 떠나는 일은 생각보다 어렵다는 걸 알게 됐다. 그건 재인이 한 선택의 목록이었고, 의심 없이 믿고 있던 것을 거듭 수정해온 변화의 목록이었다. 그 목록을 훑어볼 때마다 재인은 그런 게 쌓여서 내가 되었지, 하고 생각했다.

그러나 그해 겨울 재인이 더하기만 한 것은 아니었다. 빠진 것도 있었다. 이것은 균형이 맞는 것인가 아닌가, 재인은 자주 갸웃거렸다. 재인의 목록에서 빠진 것은 애인과 결혼이었다. 그 둘이 한 가지가 아니라 두 가지라는 것을 자주 곱씹었다. 그러니까 재인이 원한 사람은 그 사람이 아니었고, 재인이 원하는 연애의 끝은 결혼이 아니었다는 것. 그리고 애인의 목록에서 자신이 빠진 게 아니라 재인이 자신의 목록에서 애인을 빼버린 것이라는 사실도. 그 선택은 내가 했다는 걸 알고 있는 게 재인에게는 중요했다.

우리 서로 짠해하지 말자.

헤어지자는 말을 하며 재인은 그렇게 말했고 남자친구는 가슴을 부여잡으며 조금 과하게 울었다. 제발 자기를 짠하게 여겨달라는 것처럼 보여서 재인은 살짝 인상을 쓸 뻔했다. 한 명이 더 힘을 줘 끌고 가는 관계는 언제까지나 반대편이 일 프로 정도는 함께 힘을 실어줄 때 가능한 일이었다. 이별을 이야기하기 오래전부터 재인은 싣던 힘을 모조리 뺀 상태였다. 나한테도 기회를 줘야지, 남자친구가 긴 훌쩍임 끝에 그렇게 말했을 때 재인은 납작해지는 기분이었다. 상대에게 쏟는 기운을 영 프로로 만들고도 내려갈 곳이 더 남아서 진공포장 상태처럼 납작해진 기분으로, 가까스레 말했다.

그게 안 돼서 헤어지자고 하는 거야.

그 말을 마지막으로 남자친구는 크게 고개를 끄덕였다. 이상하게 복종하는 듯한 표정을 지었다. 네 말을 모두 이해했고, 친구로라도 지낼 수 없느냐고 태세를 전환했다. 어쨌거나 자신이 원한 대로 관계를 끝맺었으므로 재인에게 다른 말들은 뭐든 별로 중요하지 않았다. 남자친구의 말에 재인은 건성으로 고개를 끄덕였고 그 시점부터 남자친구는 전 남자친구가 되었다.

*

은영은 필라테스 강사가 된 지 사 년 차였다. 이전에는 대기업에 다녔다. 꽤 큰 액수의 월급을 받았지만 번 돈을 전부 다시 필라테스 교육비로 썼다. 자격증을 따기 위해 필기시험 백 문제를 풀었고 세 시간의 실기시험을 쳤다. 주말에 하루 일하고 평일에 하루를 쉬며 주 오 일 일했고 한 달에 이백칠십만원 정도를 벌었다. 대기업 신입사원 때 받던 월급을 사 년 차 강사 때 받고 있지만 은영은 이 일을 좋아했다. 직장의 근무복이 운동복인 점, 오십 분 수업을 하면 적어도 오 분은 꼭 쉴 수 있다는 점, 교습소 오픈 담당인 날 블라인드를 걷으면 창으로 가득 들어오는 아침 볕, 강의실 바닥을 물걸레질하며 떠올랐다 가라앉는 먼지들이 반짝이는 모습을 구경하는 것, 차례차례 들어오는 수강생들의 피곤하거나 웃고 있거나 무표정한 얼굴, 얼굴들.

사람을 많이 만나는 일을 직업으로 삼으면 반쯤은 관상쟁이가 된다는 말을 은영은 믿지 않았다. 그것까지 너무 자기중심적인 생각이라고 믿는 편이었다. 얼굴에 삶의 시간이 드러나는 건 극히 일부라고. 일부를 가지고 아는 척을 하는 건 은영으로서는 좀 부끄러운 일이었다. 내가 그 사람 그럴 줄 알았잖아, 처음 봤을 때부터 그런 느낌이 좀 왔잖아, 하는 식의 화법을 부끄러워했다. 그런 말을 자신만만하게 하는 사람들 앞에서는 조용히 손가락으로 반대 손등을 꼬집으며 버텼다. 그렇다고 얼굴에 드러난 일부를 보는 일에 아예 관심이 없던 것은 아니었다. 은영은 우연히 만나게 된 사람들의 얼굴에 깃든 표정을 살펴보는 일을 좋아했다. 그 표정으로 그 사람을 평가하거나 판단하고 싶지 않았을 뿐이었다.

  1회 체험 수업을 마친 후 곧바로 등록하겠다고 말하는 재인의 얼굴에서 은영이 읽은 것은 기분이나 감정이 흐르지 않게 단단히 걸어두려는 의지였다. 낯선 곳에 발을 디디면 당연히 들 법한 어색함, 긴장 같은 걸 최대한 덜 표출하기 위해 애쓰는 표정. 이렇게까지 해석하고 확신하는 건 언제나 민망했지만 미묘한 표정에 이유나 이름을 붙이는 건 매번 수강생을 받는 직업을 가진 은영이 좋아하는 놀이 같은 거였다. 스스로 만들어낸 놀이는 은영이 선택한 이 직업을 좋아하는 이유가 되기도 했다.

  재인 같은 얼굴과 마주할 때마다 은영은 이상하게 마음이 기우는 걸 느꼈다. 마음이 약해서 단단하게 걸어 잠그는 유형의 사람들을 보면 늘 조금씩, 운동으로 다져진 몸만큼이나 단단한 은영의 마음이 물렁해지는 것 같았다. 마음이 물렁해진다는 건 아주 사소한 부분에서 티가 났다. 이를테면 그런 사람들에게는 원칙을 깨고 잘해주고 싶었다. 은영이 근무하는 필라테스 교습소의 원칙은 '수업 일정 하루 전 취소 및 변경 가능, 당일 취소는 수업 횟수 차감'이었다. 기본이 10회인 수업이었고, 매 수업이 끝나면 서로의 스케줄을 확인하고 조정하며 다음 수업일을 잡았다. 수업이 잡히면 은영은 그 전날 수강생들에게 일정 확인 문자가 가도록 문자 예약을 걸어두었다.

말없이 수업을 빠지거나 당일에 취소하면 1회가 차감되므로 수강생들이 최대한 수업을 들을 수 있도록 하기 위해 마련된 시스템이었다. 필라테스는 회당 가격이 비싼 운동이었으므로 은영이 문자를 보내는 하루 전까지 일정의 변경과 취소가 치열했다. 여러 수강생의 바뀐 일정을 잘 기억하고 기록하는 일이 이 직업의 큰 부분을 차지했다.

재인 같은 유형의 수강생들은 변명을 하거나 조르지 않았다. 은영 같은 사람들이 해야 하는 일에 수반되는 감정노동을 줄여주기 위해 애쓰는 게 느껴졌다. 예약 발신 문자에도 꼬박꼬박 네, 감사합니다, 변동 없습니다, 하고 답장을 했다. 일정 변경도 거의 없었고 예상치 못한 당일 취소에 은영이 더 안타까워하면 오히려 괜찮다고 대답했다. 1회 차감되시는데…… 어쩌죠? 하고 문자를 보내면 괜찮습니다, 번거롭게 해드려 죄송해요, 하고 말 뿐이었다. 그럴 때 은영은 원칙을 깨서라도 그 수업을 더 해주고 싶었다. 그냥 해드릴게요, 하고 싶었다. 그러나 한 번도 진짜로 그렇게 말해본 적은 없었다. 마음은 마음이고 원칙은 원칙이었다.

*

집 근처 필라테스 교습소에서 1회 체험을 한 날 재인은 곧

장 10회권을 끊었다. 애초에 1회 체험을 해보고 등록을 고민하려던 건 아니었다. 이미 등록을 하려고 결정을 해둔 채 1회 체험을 신청한 것이었다. 어떤 걸 선택할 때 그게 실제로 어떤지 알아보는 일은 재인에게 큰 영향을 미치지 않았다. 자신이 그 선택을 정말로 하려고 하는지, 그것이 중요했다.

운동이 패턴이 되는 것은 꽤 오랜만이었다. 정확히 헤아려 보면 고3 때 찐 살을 빼기 위해 대학 입학 전까지 매일매일 헬스장에 다닌 열아홉 살 무렵 이후로 처음이었다. 매일매일 체중계에 올라서던 날들. 그러고 보니 그것도 겨울이었네, 하고 재인은 조금 재미있어했다. 겨울이면 해가 바뀔 무렵이었고 해가 바뀐다는 자연의 사이클에 맞춰 몸도 바꾸고 싶은지, 재인에게는 유독 겨울에 일어나는 일들이 많았다. 만나던 애인들과 꼭 겨울에 헤어졌고, 헤어지고 나면 몸무게가 이삼 킬로그램씩 줄어 있었다. 이별 때문에 특별히 힘들지 않았는데도 매번 그랬다. 내 몸에 붙어 있던 그들이 떨어져나간 자리겠지, 재인은 그렇게 생각했다. 그렇게 믿는 쪽이 좋았다. 나도 애도 할 줄 아는 사람이야. 몸으로 애도하는 사람. 스스로를 그런 존재로 생각하는 것이 나쁘지 않았다.

이번 이별도 마찬가지였다. 전 남자친구가 된 남자친구를 카페에 남겨놓은 채 나와 걸으며 이별의 순간을 꼼꼼히 느껴보았다. 뒤통수가 당기지만 뒤를 돌아보지 않는 마음으로. 드라마에서는 이럴 때 꼭 뒤에서 누군가 쫓아와 붙들지만, 그 오랜 학습 때문에 한 번쯤 그런 일이 일어나지 않을까 상상하게 되지만 절대 그럴 일은 없다는 걸 잘 아는 마음으로. 단단히 팔짱을 끼고 옷깃을 여미고 바람이 사나운 겨울의 골목을 걸었다. 등이 굽지 않도록 허리를 계속 곧추세우며. 이제 더는 따라올 사람이 없다는 걸 알아가는 마음. 원래도 없었고 정말로 없다고 인정하고 앞을 보고 걷는 마음. 그건 슬픔에 잠겼다가 빠져나오는 일이기도 했고 그런 감정에 취해 있으면 으레 조금 행복하기도 했다. 어느 순간마다 자신의 마음을 들여다보는 일은 '해본 것' 리스트를 적는 일만큼 재인에게 중요했다. 그리고 그 둘은 떼려야 뗄 수가 없었다. 모르는 마음으로 모르는 것을 선택할 수는 없으므로.

  모르겠는 것은 마음이 아니라 몸이었다. 1회 체험권으로 난생 처음 필라테스 수업을 받으며 재인은 선생님의 말을 잘 알아들을 수 없어 당황했다. 지시를 받아도 제대로 수행할 수 없다고 생각했다. 이를테면 이런 말들. 척추를 더 뽑으세요, 갈비뼈는 닫아요, 골반을 더 찍어내려요, 옆구리를 구부리지 말고 펴서 늘려요, 아랫배와 허벅지 사이에 근육을 당겨올리세요. 겨드랑이 뒤쪽 옆으로 만져지는 곳에 근육이 있다는 것도 재인은 처음 알았다. 이후 본격적으로 시작된 수업에서도 마찬가지였다. 선생님이 말을 뱉으면 재인이 그 말을 머릿속에서 해석하기 위해 일이 초 정도가 필요했다. 최대한 선생님의 표현 그대로 몸을 움직여보려고 애썼다. 어디 있는지 모를 근육을 머릿속으로 더듬었다.

잘하고 싶었다. 잘 해내고 싶었다. 처음 하는 것을 마주할 때면 매번 드는 생각이 이번에도 여지없이 들었다. 그러나 자신이 없었다. 써본 적 없는 근육을 상상하기란 생각보다 더 어려웠다. 몸이 탄탄하고 맑고 또렷한 목소리를 가진, 첫 방문 후 좋은 인상이 남았던 필라테스 선생님에게도 잘 보이고 싶었지만, 누군가에게 잘 보이고 싶은 마음이 들면 반드시 그렇지 않을 때보다 더 우스꽝스러워지기 마련이었다. 이곳저곳에 힘을 줘보느라 동시에 어깨에 힘이 잔뜩 들어간 재인에게 선생님이 말했다.

너무 답답해하지 마세요.

그 말에 자기도 모르게 숨을 뱉으며 재인은 어깨에서 힘이 빠져나가는 것을 느꼈다. 기분좋게 차가운 손으로 재인의 어깨를 두드리며 잘하셨어요, 하고 선생님이 이어 말해주었다. 선생님은 몸을 삐그덕거리는 재인에게 매번 잘하셨어요, 하고 칭찬했고 수업이 끝나면 수고하셨어요, 하고 인사했다. 칭찬 스티커를 받는 기분에 매번 좀 황송했는데 그럴 때마다 재인이 할 수 있는 것은 환복을 하고 교습소를 나서기 전에 평소보다 크게 웃어 보이는 것뿐이었다. 기분보다 조금 더 밝게 웃는 얼굴로 안녕히 계세요, 라고 인사하는 일.

*

 필라테스 수업을 하면서 은영이 수강생들에게 가장 자주 하는 말은 배에 힘을 주면 다리를 들 수 있어요, 였다. 배에 힘을 준 채 다리를 들라고 하면 수강생들 열이면 여덟이 무릎 관절에 힘을 꽉 주었다. 그 힘을 빼라고 하며 은영은 항상 말했다. 배의 힘으로 드는 거예요. 다리에는 힘을 주지 마시고. 그러면 수강생 열의 일곱이 그게 뭔데요? 하는 표정이 되어 있었다. 다리를 다리로 드는 게 아니라 배로 드는 거라고. 그렇게 말하는 스스로가 가끔 우습기도 했다. 자신도 근육이 어떻게 사용되는지 모르던 시절이 있었다. 그때 자신도 똑같은 표정을 지었을 것이었다. 그런 광경을 상상하고 있으면 회사에는 너무 마음 붙이지 말고 대충 다니는 거예요, 라는 말을 들었을 때의 자신이 떠올랐다. 그게 뭔데요? 하고 울상을 지었던 스물여섯의 신은영이.
 사람들의 마음이 아니라 몸에 집중하는 일. 은영은 그걸 바라서 회사를 그만두었다. 회사에서는 서로의 의중을 파악하는 일을 악질적으로 즐겼다. 은영의 상사부터가 그랬다. 은영은 회사에서 사람들을 깊이 알아가고 싶지 않았다. 중요한 것은 그저 자신의 일을 잘하는 것. 그것이 은영의 회사생활 원칙이었다. 그 외엔 신경쓰고 싶지 않았고 휘둘리고 싶지 않았는데, 상사의 곁에 있으면 그럴 수 없었다. 그는 언제든 후배들을 비꼬았고 자신의 기분이 좋지 않을 때는 더 비꼬았다. 일을 잘하는 사람에게는 그의 옷차림, 말투, 습관 같은 업무 능력 외의 것을 평가하며 우습게 만들고 일을 못하는 사람에게는 작은 심부름을 시키면서도 그의 업무 능력을 과도하게 평가하며 우습게 만들었다. 그러면서 티나게 사람을 가려 칭찬을 하거나 추켜세워서 후배들로 하여금 계속 눈치를 보게 만들었다. 은영의 동기와 후배들은 필사적으로 눈치를 보며 알았다. 저 사람 눈 밖에 나면 지옥 같을 것이다, 중학교 때 왕따를 당하는 것과 비슷할 것이다, 하는 예감이 모두에게 있었다.

상사에게 터무니없는 인신공격을 당하거나 상사가 유난히 자신의 나쁨을 요란하게 드러낸 날에는 동기들과 나란히 정시 퇴근을 하고 회사에서 먼 동네로 가 맥주를 끝도 없이 마시며 끝나지 않는 욕을 해댔다. 비싼 가방을 사거나 혼자 일식당에서 오마카세를 시키며 꼬인 마음을 성실하게 해소했고 착실하게 출근했다. 그러나 그렇게 버티는 데에도 한계가 있다는 것을, 은영이 가장 잘 알았다. 입을 뗄 수조차 없게 된 날이었다. 손가락 까딱할 힘이 없고 눈꺼풀을 들어올릴 힘이 없어도 그 사람을 욕할 땐 이상한 기운이 생긴다고 동기들끼리 자주 우스갯소리를 하기도 했고 실제로 은영도 그 말을 끝까지 믿었는데. 어느 날 분노의 에너지도 고갈된 상태가 찾아왔다. 여기에 계속 있다보면, 저런 사람과 마주하며 살다보면 나도 어느새 저런 모양이 되어 있겠지. 그 생각에 몸서리를 쳤던 순간을 기억했다.

은영이 상사 때문에 회사를 그만두겠다고 했을 때 주변의 모두가 만류했다. 어딜 가도 똑같아. 월급 많이 주는데 더러워도 그냥 좀 참아, 욕하면서 다니는 재미도 있잖아. 앞에선 무시하고 뒤에서 욕하면서 다녀. 그 말이 틀리다고는 생각하지 않았다. 그러나 내내 그 조언에 따르면서도 은영은 매번 가슴속이 기분 나쁘게 간질거리는 느낌을 받았다. 그 조언에 대해서라면 할말이 많았다. 나는 무시할 수가 없어. 편한 대로 생각하려고 해도 그렇게 되지가 않아. 그 사람은 살아서 움직이는 사람이고 그 사람이 자기 모양을 바꿀 때마다 내 마음의 모양도 바뀌어. 따라서 싫었다 좋았다 하게 돼. 그게 너무 힘들어. 다른 사람이 내 모양을 바꾸는 걸 더 보고 있을 힘이 이제 나에게는 없어.

어떤 공간에, 집단에 그런 사람이 있으면 그 공간을 벗어나서도 계속 그 사람이 만들어낸 압력에 눌려 있었다. 퇴근을 하고도 계속 상사의 표정과 말투와 화법을 반복 재생하는 스스로를 발견하고, 그만 생각하자는 생각을 수백 번 읊조려도 그만둘 수 없다는 걸 깨달은 뒤부터 은영은 물리적으로 숨이 잘 쉬어지지 않는 것을 느꼈다.

 마음을 너무 붙이네요, 은영씨는.

 그런 얘기를 한 건 동기 예은이었다. 예은에게 처음 그 말을 들었을 때는 상사에게 받았던 모멸감과 다른 종류의 감정을 느꼈는데 동시에 느껴지는 수치심은 비슷했다. 왜인지 부끄러웠고, 자신을 그렇게 부끄럽게 만드는 예은이 미웠다. 당신이 뭔데 그런 소릴 하느냐고 따져 묻고 싶었다. 나에 대해 뭘 그렇게 많이 아느냐고. 그러나 어쩐지 은영은 예은에게 기분 나쁜 내색을 할 수도, 따져 물을 수도, 예은을 미워할 수도 없었다. 예은의 말은 고요히 은영의 마음에 남았다. 따뜻한 물에 찻잎이 가라앉는 것처럼 마음 가장 밑부분에 내려앉아 사라지지 않았다.

 대충 다녀요, 은영씨. 너무 마음에 들려고 하지 말고. 힘들이지 말고.

 예은은 그렇게 덧붙였다. 그 순간 은영은 무너지는 것 같기도 했고 다시 살아나는 것 같기도 했다. 그때는 그 느낌을 어떻게 설명해야 할지 몰랐는데, 필라테스 강사인 지금은 알고 있었다. 긴장했던 몸이 이완되는 느낌. 예은은 은영이 아는 사람 중 가장 서브텍스트가 없는 사람이었다. 있는 그대로 말했고 말하지 않은 것을 알아달라고 하지 않았다. 예은과 함께 있으면 은영은 몸에 힘을 주지 않을 수 있었다. 다른 동기들에게 꺼낸 적 없는 이야기를, 예은에게는 자꾸만 털어놓게 되었다. 예은은 행간을 읽어내는 데 지쳐 있던 은영에게 유일한 숨쉴 곳이었다.

*

10회에 칠십만원. 회당 칠만원의 비싼 운동이었으므로 재인은 빠지는 일 없이 수업을 다 듣고 싶었다. 모두들 업무를 조금씩 쉬어가는 연말이어서 빠지지 않을 수 있을 거라고 제법 자신하기도 했다. 절반 가까이를 수강할 때까지 갑작스러운 야근이나 참석해야 할 행사가 생기지 않아서 정말로 백 퍼센트 출석이 지켜지나, 두근거리는 마음도 들었다. 그러나 그날은 결국 수업을 들으러 가지 못했다. 전 남자친구의 가족에게서 연락이 왔기 때문이었다. 퇴근 직전의 오후 다섯시, 그의 누나로부터 명동역의 어느 카페에서 만나길 원한다는 내용의 문자가 도착했다. 우리 아버지가 너를 만나 이야기를 하고 싶으신 모양이다. 무슨 소리를 하실지 모르니 내가 함께 가겠다, 그런 설명도 덧붙어 있었다. 약속 시간은 저녁 일곱시. 재인이 정시 퇴근을 하고 필라테스 수업을 들으러 갈 시간이었다.

결국 재인은 전날 저녁 선생님이 보낸 일정 확인 문자에 답신으로 '죄송하지만……'으로 시작하는 수업 취소 문자를 보냈다. 은영에게서 곧바로 '당일 취소하시면 1회 차감되시는데…… 어쩌죠?' 하고 문자가 왔다. 재인은 머쓱해져 거듭 '괜찮습니다, 제가 갑자기 일이 생겨서…… 번거롭게 해드려 죄송합니다' 하고 사과했다. 재인은 정말로 미안했다. 일곱시 수업을 다섯시 삼십분에 취소하다니. 돈을 내고 듣는 수업이긴 했지만 어쨌거나 매번 서로의 스케줄을 대조하며 잡은 약속이었다. 한 시간 반 전에 약속을 취소한 거나 마찬가지인 셈이었다. 입장을 바꿔 자신이라면 어떤 기분이 들지 상상해보았다. 예정된 약속이 자주 변경되는 직업이라니, 어쩐지 자신은 필라테스 강사는 못하겠다는 생각이 들었다. 재인이 싫어하는 태도 중 한 가지는 바로 번복이었다. 했던 말을 뒤집는 것, 했던 결정을 되돌리는 것.

 전 남자친구의 아버지와 누나를 만나러 명동역으로 가면서 재인은 곧바로 다음 필라테스 수업을 잡았다. 가장 빨리 들을 수 있는 토요일 아침으로 했다. 시간을 조정하며 은영에게서 '가능한 시간이 오전 열시뿐인데 괜찮으세요? 늦잠 필요하신 것 아닌지 걱정이 됩니다!' 하는 문자가 왔을 때 재인은 조금 웃었다. 귀여운 선생님이라고 생각했다. 수업을 받을 때에는 그런 생각이 든 적이 없었다. 은영은 키가 백칠십 센티미터쯤 되었고, 몸이 근육으로 단단했으며 팔다리가 길었다. 언젠가

매트에 앉아서 해야 하는 동작중, 재인이 허리에 힘을 주어 온 몸을 곧게 펴는 것을 힘들어하자 은영은 재인의 허리에 자신의 다리를 부목처럼 대주었다. 제 다리에 등을 붙여보세요. 힘 빼고 기대어보세요. 그 말에 재인이 등을 기대자 놀랄 만큼 단단하고 곧은 은영의 다리가 느껴졌다. 재인은 그 편안함을 기억했다.

무려 전 남자친구의 아버지와 누나가, 일방적으로 두 시간 전에 약속을 통보해 재인에게 한 시간 반 전에 예정되어 있던 필라테스 수업을 취소하게 만들었지만, 재인은 생각보다 놀라지 않았다. 어쩌면 예정된 일처럼 여겨지기도 했다. 전 남자친구와는 꽤 구체적으로 결혼 이야기가 오갔다. 일반적으로 어떤 순서로 결혼을 진행하는지는 모르겠으나 재인의 경우에는 먼저 함께 살고 있었다. 그가 프러포즈를 한 이유는 결혼을 목적으로 집을 구하는 일이 잘되었기 때문이었다. 재인은 프러포즈에 응했고, 곧 자신의 '해본 것' 목록에 결혼도 올릴 수 있겠구나 싶은 마음에 꽤 설렜다. 재인은 생에서 할 수 있는 선택이라면 대체로 하는 쪽이길 스스로에게 바랐다. 그는 다정하고 순종적인 편이었으므로 오래 함께 살 파트너로서도 적당하다고 생각했다. 재인은 그가 마련한 집에서 그와 함께 살았고, 서로의 부모님을 뵀고, 상견례를 앞두고 있었다. 그의 부모 쪽에서는 결혼을 준비하고 있던 아들의 이별이 황당할

테고, 듣고 싶거나 하고 싶은 말이 있을 것이었다.

전 남자친구의 아버지는 말이 많았다. 어른으로서 재인에게 인생은 그런 게 아니다, 하고 가르치기도 했고 머리도 나쁘지 않은 네가 신랑감으로 적격인 내 아들을 왜 차버리는지 모르겠다, 하고 묻기도 했다. 재인은 그저 죄송하다고 말했다. 재인은 종종 이별의 이유를 잊었다. 그 사람은 다정했고 우리는 아무런 문제가 없었는데 왜 헤어졌지…… 한참 만에 생각해낸 이유는 별게 아니었다. 마음이 사라져서였지. 아무리 생각해봐도 그뿐이었다. 그 사람이 천천히 싫어졌던 이유와 헤어진 이유는 얼마간은 같고 얼마간은 다를 것이었다.

재인은 그가 자주 투덜거리는 게 싫었다. 언제나 아는 척하는 태도로 말하는 게, 함께 영화를 보고 나면 좋았던 점보다 나빴던 점을 먼저 말하는 사람인 게 싫었다. 상냥한 어조로 아무것도 결정하지 않는 점이, 그렇게 선택을 미뤄놓고 선택의 결과에 책임이 없는 것처럼 구는 태도가 싫었다. 재인을 대할 때와 비슷한 태도로 제 부모에게도 깍듯하고 동시에 꼼짝도 못하는 게 싫었다. 그러나…… 그래서 헤어졌다고 하기에는 언제나 일 프로가 부족했다. 상대방이 자신에게 어떻게 굴어도 재인이 채우던, 채울 수 있던 일 프로. 그게 사라져서 헤어지게 된 것이었다.

재인의 침묵이 계속되었지만 그의 아버지도 지지 않았다.

이유를 말해주지 않겠니, 하고 거듭 물었다. 재인은 그냥, 마음이 그래서요, 하고 대답했는데 무책임하다는 질책이, 결혼이 장난이냐는 호통이 돌아왔다. 재인은 내 마음을 열심히 들여다보는 일이 누군가에게는 무책임한 일일 수 있다는 생각에 조금 놀랐다. 동시에 반발심이 들었다. 내가 열심히 들여다본 내 마음을 왜 당신에게 말해줘야 해? 나는 내 마음을 제대로 보려고 노력했어. 사랑했던 마음, 사랑하지 않는 마음. 그게 왜 당신에게 사과해야 할 일이지? 재인이 그렇게 속으로 투덜대고 있는데 그의 누나가 한마디 했다.

이혼보단 파혼이 낫지. 잘했어요.

명동의 카페에서 시켜놓은 커피를 한 모금도 마시지 않고 한 시간 반을 견디다 일어서 집으로 돌아오는 길에, 재인은 전 남자친구와의 이별을 '해본 것' 리스트에 넣기로 결정했다. 이별이라고 여겼을 때에는 넣을 이유가 없었는데, 파혼이라는 단어를 듣자 그 단어도 생의 목록에 수집하고 싶어졌기 때문이었다.

*

재인이 수업을 취소한 날 은영은 갑작스레 생긴 한 시간을 어떻게 쓸까, 생각하던 중 좀 울고 말았다. 예정대로 재인이 수업에 왔다면 울지 않을 수 있었을까, 그 순간을 유예할 수 있었을까 하는 생각이 들자 이 우연의 연쇄가 조금 우습게 느껴져 울음을 그치고 조금 웃었다. 수업을 받을 때 재인이 자주 짓는 표정을 떠올렸다. 고집스레 입을 다물고, 간혹 대답을 할 때에도 목소리가 아주 작고, 질문은 거의 없는 재인은 표정에서 많은 것이 읽혔다. 제가 지금 잘하고 있나요? 저 지금 바보 같진 않나요? 제가 뭘 하고 있는지 저는 도통 모르겠어요…… 같은 것들. 보다보면 그 자조 섞인 진지한 표정이 재미있어서 미소를 짓게 되었다. 자기도 모르게 괜찮다고 말하고 있었다.

 재인의 취소 문자를 받고 은영은 어쩐지 마음이 허전했다. 하지만 이런 거절에 하나하나 마음을 쓰면 이 일을 할 수 없다는 걸 알고 있었다. 처음에는 잘 적응되지 않았는데, 곧 적응할 수밖에 없었다. 하루에 몇 차례 반복되는 번복과 취소 문자에 하나하나 스트레스를 받게 된다면, 직업을 바꾼 것이 무색해지니까. 은영의 동료들은 은영을 이해하지 못했다. 왜 그렇게 반응해? 그냥 일정이 변경된 것뿐이잖아. 그들의 말도 맞았다. 연락도 없이 오지 않은 뒤 불쑥 전화를 하거나 찾아와서 다음 스케줄을 잡아달라고 하는, 더 피곤하고 곤란한 경우도 있었다.

 이 모든 게 왜 이렇게 자연스럽게 이해되지 않을까, 그저 그런 사람들도 있다고 마음을 놓아버릴 수가 없을까. 이러면 회사를 다닐 때와 똑같은 게 아닌가. 그럼 그건 어느 직장의 문제가 아니라 나의 문제가 아닌가. 강사가 되고 얼마 지나지 않았을 때 은영은 그런 고민을 했다. 나는 그러니까 어디에 있건 존중을 받고 싶었던 것이라고, 직업을 바꾼 후에야 깨닫게 되었다. 언제나 어디에서나 다른 사람이 귀하지 않은 사람들이 있고…… 그건 직업을 바꾼다고 피할 수 있는 게 아니었다. 그걸 받아들이는 데 삼 년이 걸렸다. 은영은 자신이 언제나 느린 편이라고 생각했다. 남들은 훌쩍훌쩍 넘어가는 시기에 혼자 찐득하게 머물러 있다고. 불량 액체괴물 같다고. 손에 묻지 않고 모양을 자유자재로 바꾸는 게 액체괴물의 특징인데, 나는 자꾸 손에 묻는 거지. 모양도 제대로 만들지 못하고.

오전 열한시에 카톡 답장이 가장 빠른 건 직장인들이었다. 컴퓨터에 깔아둔 카톡으로 서간체 소설도 쓸 수 있는 사람들이었다. 오 년 전에는 은영도 그랬다. 이제는 빼곡히 차 있는 수업 스케줄 때문에 오십 분 수업 후 오 분 쉬는 시간에 밀린 카톡을 모두 읽고 대충 답하고 있지만. 오늘 은영은 오전 열한시, 필라테스 교습소에 가장 빛이 잘 드는 시간에 그 빛이 드는 풍경을 찍어 예은에게 보냈다. 그 시간에 보낸 카톡에 대한 답장이 저녁 여섯시에 온 것이었다. 예은에게서 온 짧은 메시지를 은영은 여러 번 읽었다. 어쩐지 낯선 느낌이 들어 체한 듯 가슴을 쓸어보았다. 그러나 그 문자들 어디에도 힌트는 없었다. 그저 짧은 말들의 나열일 뿐이었다.

　—좋겠네요 (오후 6:22)

　—너무 부럽다 (오후 6:23)

　그러고는 끝이었다. 안부에서 대화로 들어가지 못했다. 예은이 들어가고 싶어하지 않는 것 같기도 했다. 서브텍스트 없는, 이어지지 않는 문자에 은영은 왜인지 외로워졌다. 내가 예민한가. 이렇게 순식간에 거리감이 느껴질 수 있나. 눈에 보이지 않는 것이 이렇게 느껴질 때면 당황스러웠다. 정말로 먼 거리감이었다. 이제 너와 나는 다른 곳에 있다는. 오전 열한시부터 저녁 여섯시까지 한 번도 휴대폰을 볼 수 없던 때가 은영에게도 있었다. 여유가 없어 누구에게도 관심을 줄 수 없을 때가. 먼 곳에서 예은은 하루 반나절 동안 아주 힘든 일을 겪고 담담하게 울고 있을지도 몰랐다. 그런데 그걸 이제는 알 수가 없어졌다는 사실에 은영은 마음이 조금 내려앉는 걸 느꼈다. 예은씨, 혹시 많이 힘든가요. 그 말을 하려다가 하지 못했다. 사실을 되물어봤자 사실일 뿐이라는 생각에 손가락이 자꾸만 멈췄다. 힘들면 그만두라는 말도 말뿐이고, 넌 잘할 거야 원래 잘 견뎠잖아 하는 말은 욕보다 나쁘고. 퇴직한 이후 말을 고르는 일에 신경을 덜 쓸 수 있어서 좋았는데 아주 오랜만에 그런 자신이 싫었다. 예은에게 건넬 수 있는 말을 아무리 골라봐도 마땅한 것이 없었다. 텅 빈 것 같았다. 오늘 많이 바빠요? 일 아직 안 끝났어요? 끝없는 물음표를 찍고 싶었지만 곧 모조리 지워버렸다. 은영은 속에 담긴 말을 고르다가 결국 가장 건져올리기 싫었던 문장에 머무르게 되었다. 바쁜 게 아닐지도 몰라. 힘든 게 아니라…… 힘들어도 이제 나랑 얘기할 필요가 없는 거겠지.

자신이 느낀 거리감의 정체를 알고 나니 멋쩍은 동시에 아득해졌다. 회사를 그만두며 가장 씁쓸했던 것은 자신의 믿음을 확인하는 시점이 올 것이라는 예감이 드는 순간이었다. 회사에서는 친구가 될 수 없다고, 될 수 없고 될 필요도 없다고 스스로에게 주입하고 이해시키던 문장. 그 문장이 멀리 돌아 고스란히 은영에게 도착한 기분이었다. 그 순간 눈물이 떨어졌다. 예은씨, 우리 이제 머네요. 고르고 고르다 남은 말이 그것뿐이어서. 언제나 더 붙어 있는 쪽만이 붙어 있던 것이 떨어지는 순간을 더 감각할 수밖에 없는 노릇이었다. 떨어지고 있구나. 나는 또 붙어 있고. 나는 예은을 언제까지 붙들고 있을까. 언제까지 기억할 수 있을까. 은영은 언젠가 예은이 했던 말을 떠올렸다. 마음을 너무 붙이네요, 은영씨는. 그 목소리가 따뜻했는지 잘 기억나지 않았다.

*

명동에서 전 남자친구의 아버지를 만난 후 재인은 조금 가라앉은 상태로 일주일을 보냈다. 누구도 만나고 싶지 않았다. 일주일 중 저녁 스케줄이 있는 것은 필라테스 수업이 있는 날뿐이었다. 누구도 만나고 싶지 않을 때 운동을 하고 있어서 그나마 다행이라고 재인은 생각했다.

혼자 있으면 거듭 곱씹게 되었다. 전 남자친구의 아버지가 들려달라던 헤어짐의 이유를 말하는 자신과 넌 이게 다 장난 같느냐고 소리치던 장면을. 누군가가 문제라고 지적하자 그것이 자신의 문제인 것 같았다. 애인들과의 이별에서 재인은 항상 맡았던 역할을 맡았다. 작별인사를 하는 역할. 기회를 달라고 매달리는 애인에게 단호하게 고개를 젓는 역할. 처음 몇 번은 후련하고 시원했으나, 거듭되자 매번 같은 역할을 맡는 일은 그렇게 유쾌하지 않았다. 이별의 이유나 장면을 반복 재생하여 복기하다보면 스스로가 싫어졌으므로 심각한 부작용이 있는 셈이었다.

누군가 자신의 곁을 떠났다는 사실, 그러니까 헤어짐 자체가 슬펐던 것은 스물다섯 살 이전까지만 그랬다. 이후로 재인이 더 골몰하고 괴로워한 것은 지속되던 관계를 어그러뜨리는 장본인이 바로 자신이라는 생각이었다. 관계를 끊는 것은 항상 재인의 몫이었다. 일단 그 사람에게 붙였던 마음이 떼어지면, 더이상 그 사람과 함께할 수 없었다. 넌 왜 그렇게까지 뒤돌아보지 않아? 뭐 그렇게 한 번에 다 버려? 하고 원망을 들었던 기억이 오래 남아 있었다.

스스로가 싫어지면 연쇄적으로 다른 사람도 싫어졌다. 다른 사람이 싫어지면 스스로가 싫어지는 것 같기도 했다. 알쏭달쏭했지만 한 가지는 분명히 알고 있었다. 재인은 더이상 누군가를 좋아하고 싶지 않았다. 자신을 향해 내린 판단들은 냉정하고 박정했다. 어느 누가 다가와도 결국엔 내 마음이 거기에 잘 붙어 있지 못할 거야. 마음이 포스트잇이야. 나는 관계를 지속하는 데 목적이 없는 사람이야. 한번 그렇게 생각하자 자꾸만 자신이 내린 스스로에 대한 생각을 점점 믿게 되었다. 자신에게는 애초에 그 기능이 없다고.

수업을 한 번 빠진 것뿐인데, 오래 안 나간 듯한 기분이었다. 몇 번의 수업에서 매번 운동을 잘한다는 칭찬을 듣는 재인이었는데 그날은 이상하게 몸도 굳은 듯 동작이 잘 되지 않았다. 근육에 힘이 들어가지 않았다. 내심 좋아하는 필라테스 선생님의 얼굴을 보기도 왠지 부끄럽게 느껴졌다.

대체로 모든 동작을 열심히 따라가는 재인이었는데, 취약한 동작이 하나 있었다. 무릎을 안은 채로 몸을 말아 꼬리뼈에 중심을 두고 아슬아슬 버티다가 뒤구르기를 하듯 굴렀다 돌아오는 동작이었다. 은영은 어떤 동작을 하든 복부의 힘이 중요해요, 라고 거듭 강조했다. 뒤로 구르는 것까지 한 다음 돌아오는 순간 언제나 힘이 부족해 앉은 자세로 돌아오지 못하고 옆으로 쓰러졌다. 은영의 목소리를 되새기며 힘껏 굴렀다가 돌아오려고 해도 자꾸만 실패했다. 그날은 더군다나 자신이 없는 날이었다. 되던 동작도 안 되는 날이었으니까.

자, 이제 그 동작을 할 거예요, 하는 은영에게 재인은 자신도 모르게 저 그거 잘 못해요, 하고 말하고 있었다. 어리광 부리는 것처럼 들리는 스스로의 목소리에 재인은 내뱉는 동시에 후회했고, 곧바로 은영의 표정을 살폈다. 재인은 이 친절한 필라테스 선생님이 엄살 부리는 걸 알지만 봐준다는 너그러운 표정을 짓고 있을 거라고 예상했는데, 막상 마주한 은영의 표정은 어쩐지 당부에 가까워 보였다.

갈 수 있는데, 안 가는 거예요. 재인씨가.

재인은 자신의 표정을 재빨리 지우려고 애썼다. 놀란 표정에서 깨달았다는 표정으로 바꾸려고. 선생님 말씀을 잘 알아들었습니다, 하는 표정을 띄우려고 노력했다. 하지만 어쩐지 얼굴 근육이 잘 움직이지 않는 것 같았다. 은영은 재인을 똑바로 보고 있었다.

돼요. 그거 안 될 분이 아니에요. 겁먹지 말고 몸을 확 넘겨야 해요.

그럴까요?

그럼요. 어려우시면 뒤로 몸을 던질 때는 힘을 뺀다고 생각하세요. 그냥 넘어가야 해요. 힘을 써야 할 때가 있고 안 써야 할 때가 있는데, 뒤로 구르는 순간에도 힘을 주니까 몸이 뻣뻣해져버려서 자꾸 멈추는 거예요.

재인은 전문가들이 확신하는 어조로 말하는 걸 들을 때 항상 신기했다. 될 거예요, 가 아니라 돼요, 라는 말. 명료하고 정확하게 왜 안 되는지 진단해주는 말. 원인과 결과를 선명하게 드러내주는 말을 자연스럽게 익힌 사람들이 부러웠다. 눈앞에 반듯한 자세로 서 있는, 제 또래로 보이는 젊은 선생님에게서도 그런 걸 느꼈다. 은영의 설명이 든든한 응원처럼 들렸으나 그럼 다시 해볼까요, 하는 말에 곧장 몸이 다시 굳는 것 같았다. 못한다고 생각하면 편한데 말이야. 속이 복잡했다. 못한다고 인정할 때의 마음도 착잡했지만 다시 할 수 있다고 믿을 때도 부담감 탓에 상쾌하지는 않았다.

같은 동작을 연달아 세 번 다시 시도했는데 한 번은 제대로 굴러갔다 돌아와 자세를 잡았고, 나머지 두 번은 또다시 자세가 흐트러졌다.

한 번에 성공하지 않아도 돼요.

네에.

자세가 완벽하면 좋겠지만 그게 중요한 건 아니에요. 아시죠?

그렇게 말하며 은영은 자신의 배를 가리켜 보였다. 여기, 힘, 그렇게 입모양으로 말하며 웃었다. 고생하셨어요. 오늘은 여기까지예요. 꾸벅 고개 숙여 인사하는 은영을 보며 재인은 아쉬웠다.

마음처럼 몸도 복잡했다. 생각이 너절했고, 그래서 습관처럼 속으로 '해본 것' 리스트에 적혀 있는 몇 가지를 반복해서 되새겨보았다. 원나잇, 절교, 양다리, 파혼. 그것들의 공통점은 부서졌다는 것이었다. 재인은 그 말을 두고 항상 고민했다. 부서졌다고 해야 하나, 끊어졌다고 해야 하나.

*

재인이 10회 수업을 끊은 필라테스 수업이 두 번 남았을 즈음에는 연말이 정신없이 지나가고 있었다. 그날 역시 퇴근 시간에 맞춰 잡은 저녁 여덟시 수업이었다. 문득 휴대폰을 들어 날짜를 확인하니 12월 29일이었고 마지막 수업은 새해에 하게 되겠구나, 하는 생각에 조금 기분이 이상했다. 머리가 복잡했지만 운동복으로 갈아입고 수업이 시작되자 언제나 그랬듯 다른 생각은 할 수가 없었다. 자신이 어디에 힘을 주고 있는지, 근육이 제대로 쓰이고 있는지에 집중해야 했기 때문이었다.

그날 수업에서 은영은 재인이 재등록을 할까, 이대로 등록하지 않을까를 가늠하지 않기 위해 애썼다. 기대하거나 실망하지 말자고. 그런데도 괜히 마지막일지도 모른다는 생각 때문인지 안 하던 말을 하게 되었다. 그 말이 더없이 친밀하다거나 갑자기 거리감을 마구 좁히는 식은 아니었지만, 어쨌든 결국 하고야 말았다.

　재인씨랑 수업을 하면 시간이 정말 빨리 가요.
　그래요?
　상기된 얼굴로 재인이 웃었다.
　제가 계속 말을 못 알아들어서…… 오래 걸려서 그런 거 아닐까요?
　잘하고 있어요. 계속 거기가 어딘지, 찾는 부분을 찾으려고 애쓰잖아요.
　그게 보이나요?
　손을 대고 있으면 알 수 있어요.
　그렇게 말하는 은영이 마법사 같았다.
　이제 한 번 남으셨네요.
　네.
　재인은 그 말이 이상하게 서글펐다. 이 관계도 내가 끊을 수 있어. 다시 등록하지 않으면 이 상냥한 선생님도 다시는 보지 않는 사이로. 그런 생각 뒤에는 으레 이 모든 생각이 자의식 과잉이다, 하는 스스로를 향한 힐난이 바로 뒤따랐다. 하지만 그러면 좀 어떤가. 내가 잡는 손과 놓는 손을 알고 있으면 좀 어때. 재인은 자신의 표정에서 어떤 기미를 살피는 은영을 느껐다. 선생님, 몸과 마음은 조금 다르네요. 마음은 손을 대지 않아도 알 수 있다는 점에서.

은영은 애써 평온하려고 노력했다. 그리고 노력하지 말기를 노력했다. 사람을 붙들려는 노력을 하지 말기로. 언제나 붙드는 역할은 그만하기로. 계속 나오시나요? 하고 묻지 않기 위해 묵묵히 데스크 뒤로 들어가 분주한 척을 했다. 계속 나올 거냐고 물어도 상술처럼 보일 거야. 오해받을 거야. 한 달 동안 수강생들의 수업 일정을 정리해놓은 일정표를 의미 없이 훑으며 그런 주문을 걸고 있었다. 일정표에서 고개를 들었을 때 재인은 탈의실에 들어가고 없었다.

좁은 샤워실에서 몸을 씻다가 재인은 문득 자신의 몸이 낯설다는 생각을 했다. 샤워기를 든 채 몸을 뒤틀다가 배 쪽에, 갈비뼈 아래쪽부터 골반뼈 안쪽까지 사선 모양으로 근육이 잡힌 것을 발견한 것이었다. 재인은 천천히 배에 힘을 줘보았다. 배를 더 납작하게 붙여요, 하는 은영의 목소리를 떠올리며. 힘을 주면 새로 나타난 근육이 조금 더 도드라져 보이는 걸 확인할 수 있었다. 내가 찾아낸 것, 여러 번 써서 알아낸 것. 그렇게 생각하며 근육의 모양대로 배를 천천히 쓸어보았다.

머리를 말리고 옷을 갈아입으면서도 어쩐지 자꾸만 손이 느려졌다. 옷을 다 갈아입고, 메고 온 목도리까지 다시 잘 두르고서 재인은 데스크에 몸을 가까이 붙이고 작은 목소리로 말했다.

저 재등록하려고요.

고개를 숙여 데스크에 놓인 작은 피규어 장식에 시선을 둔 채 말했지만 재인은 자신보다 키가 훨씬 큰, 그래서 고개를 높이 들지 않는 한 얼굴이 보이지 않는 은영의 표정을 알 것 같았다. 큼직한 입매로 시원하게 웃고 있겠지. 활짝 열린 문 같은 표정을 짓고 있겠지. 재인은 그 환대의 감각에 민감했다. 과거의 나는 나를 사랑하는 사람들을 사랑했었지. 내 기준이 뭐든 간에 나를 좋아해주는 태도 하나만으로 그 사람을 와락 좋아하고. 누가 나를 사랑하는지 아닌지, 그게 너무나 중요했던 시절이 있었다. 사랑받는 게 중요해서 상대방의 표정만 살피고 자신의 표정도 비슷하게 지어보려고 있는 힘껏 노력했던 시기가. 내가 누구를 사랑하는지 아닌지가 중요한 지금과는 정반대의 생활방식이 재인에게도 있었다. 시간이 흘러 그 태도를 서서히 철거하며 재인은 그건 자신의 생존 본능에 가까웠던 거라고 짧게 결론지었다. 변명할 필요는 없었다.

은영이 새로 회원카드를 작성해 재인에게 건넸다. 재인은 신용카드를 내밀고 삼 개월 할부로 결제해달라고 말했다. 카드기가 카드를 읽는 소리를 들으며 영수증이 나오길 기다리다가 재인이 말했다.

우리 새해에도 보겠네요.

그러네요.

새해 복 많이 받으세요.

재인씨도요.

은영이 카드와 영수증을 돌려주며 웃었다. 지금 재인은 자신이 짓고 있는 표정이 궁금했다. 내 표정은 어떨까. 조금 민망해하는 표정일까, 아니면 그건 내 생각일 뿐이고 필라테스 선생님의 눈에는 그저 무심하거나 무감한 표정으로 보일까.

그런데 어쩌다 이렇게 되었지, 하는 생각이 들 때마다 재인은 속으로 '해본 것' 리스트에서 유독 도드라진 단어들을 읊었다. 독립, 절교, 파혼, 끊어진 관계들의 기록을. 그리고 생각했다. 그 리스트는 흉터가 아니라 근육이야. 누가 날 해쳐서 남은 흔적이 아니라 내가 사용해서 남은 흔적이야. 어딘가에 아직 찾지 못한 근육이 있을 것이었다. 재인은 이제 겨드랑이 뒤쪽에 있는 그 근육의 이름을 알았다.

성해나

OK, Boomer

7교시가 끝날 무렵, 두 통의 문자를 받았다. 하나는 성과 상여금 등급이 A*라는 문자, 다른 하나는 금촌동 집에서 뮤직비디오를 찍어도 되냐는 아들의 문자였다. 아들에게 뭐라고 답할지 고민하며 교무실에 내려가보니 아니나다를까, 죽상을 한 채 담화를 나누는 이들과 눈치를 보며 업무를 보는 이들로 이미 파가 갈려 있었다. 성과급 내역이 통지되는 날이면 으레 냉담하고 어색한 기류가 교무실 안을 떠돌았다. 한동안 피곤하겠네. 파티션에 몸을 숨기며 중얼댔다.

성과급에 관한 논쟁은 퇴근길에서도 이어졌다. 카풀 메이트

---

* 2001년 '건전한 경쟁을 통한 교원의 질 제고 및 사기 진작'을 목적으로 도입된 교원 성과급제. S등급, A등급, B등급으로 각각 차등을 두어 성과급을 지급한다.

인 미술 교사 오를 태우고 꽉 막힌 올림픽대로를 건너는 동안 나는 예체능을 담당하는 이들의 고충—몸을 갈아가며 일해도 저흰 항상 B예요—과 노골적인 물음—선생님은 S등급이죠? 그렇죠?—에 내내 시달려야 했다.

그게 뭐 중요한가요, 허허.

아무것도 모른다는 듯 수더분하게 웃으며 화제를 돌리려 애썼다. S든 A든 간에 나는 이 소란에 끼고 싶지 않았다. 적을 만들지 않는 것. 삼십사 년의 교직생활 동안 내가 고수해온 신조 중 하나였다. 사람 좋게 적당히 대꾸하면 오 역시 다른 이야길 꺼내지 않을까 싶었지만, 오는 그런 내 의중 따위 아랑곳 않고 자신이 진짜 하고 싶은 이야기, 그러니까 본론을 향해서만 돌진했다.

제가 이런 얘기까진 안 하려고 했는데요.

정체 구간을 지나 막 파주로에 접어들었을 때, 오가 느닷없이 목소리를 깔며 말했다.

곽샘 아시죠?

곽. 곽이라면 지난해 우리 학교로 첫 발령을 받은 신입 교사였다. 이전에도 오를 통해 곽에 대한 몇몇 이야기를 전해들은 바 있었다. 사범대 졸업과 동시에 임용 고사에 붙었다는 것, 교무실에 커피 그라인더와 드리퍼를 가져다놓고 아침마다 딱 일인분의 커피만 내려—오의 설명에 따르면 드셔보란 말 한

번 안 했다고—사람들의 눈총을 받았다는 것. 그리고 조합원이라는 것.

신입 교사들은 조합에 속하길 꺼렸다. 언질만 비쳐도 부담스러워하는 게 역력해 가입을 권유하기도 어려웠고, 그나마 남아 있던 젊은 조합원들도 하나둘 탈퇴하는 실정이었다. 그런 암담한 시점에 곽이 등장한 것이다.

저희 부모님도 전교조셨거든요. 어릴 때 엄마 아빠 따라 집회에도 갔구요.

곽이 가입 신청서를 내며 했다던 기특한 말을 나는 똑똑히 기억하고 있었다.

조합원 사이엔 S등급을 받은 교사가 B등급을 받은 교사에게 성과급의 일부분을 떼어주는 암묵적 룰이 존재했다. 그것은 교사 간 불필요한 경쟁을 지양하기 위해 실시된 균등 분배제였고, 누구 하나 거스른 적 없이 유지해온 조약이었는데, 곽이 그걸 딱 잘라 거절하더라고 오는 말했다.

자긴 그게 부당하다는 거예요. 공정한 평가로 지급된 성과급을 왜 나눠야 하냐고. 분배를 강요하는 게 진짜 불합리 아니냐고요. 아니, 그럴 거면 애초에 조합엔 왜 들어온 거야. 이거 완전 명분은 명분대로 챙기고 실리는 실리대로 챙기자는 심보 아니냐고요.

분한 듯 침까지 튀기며 오는 말을 이었다.

저는요, 요즘 젊은 교사들 너무 어려워요. 영악한 것 같아.

오의 푸념을 들으며 나는 젊은 교사들에 대해 잠시 떠올렸다. 학생들은 확실히 연차가 쌓인 교사보다는 신입 교사를 더 좋아하고 따랐다. 젊은 교사들은 유튜브로 수업을 시연했고, 학생들과 선을 넘는 장난도 서슴없이 주고받았으며, 교칙을 강제하기보다 느슨히 풀어두는 쪽에 가까웠다. 그런 그들을 무르고 미숙하다고 질타하는 이들도 있었지만, 나는 달랐다. 비록 우리 때보단 패기도 없고 손익을 따지는 면면이 못마땅할 때도 있었지만, 그래도 시대가 변하지 않았는가. 젊은 교사들의 유연함과 자유로움을 나는 메리트로 보았고, 그들 역시 자신을 인정해주고 이해하는 내게 호감을 갖는 것 같았다. 지난주 교사 회의가 끝나고 내 애플 워치를 가리키며 이렇게 말하기도 했으니까. 부장님 정말 센스 있으세요. 맞아요, 진짜 영young하세요.

파주 시청 가까이 도착해서도 오는 내릴 생각 없이 곽에 대한 이야기를, 참교육과 학교 민주화에 불철주야 헌신하던 우리 때 이야기를 마구잡이로 쏟아냈다.

샘은 어떻게 생각해요? 곽샘 의견에 동의하세요?

오가 물었다. 같은 조합원으로서 오의 의견엔 전적으로 동의하지만, 그래도 나는 똘레랑스가 있는 사람이었다. 견해가 다르다고 타인을 깎아내릴 필요는 없지.

글쎄요. 저는 잘······

오를 향해 나는 허허, 실없이 웃었다. 나까지 애써 그편에 설 필요는 없다고 생각하며.

집에 도착해 제일 먼저 휴대폰을 확인했다. 아들에게서 부재중 전화가 두 통 걸려와 있었다. 아직 아들의 문자에 답을 하지 못한 상태였다. 저녁으로 먹을 레토르트 카레를 전자레인지에 돌려놓고 아들에게 전화를 걸었다.

오 년 전 아내와 별거를 시작한 뒤 나는 이곳 금촌동에 단독주택을 지어 혼자 지내고 있었다. 아들은 매달 이틀 정도 묵었다 가곤 했다. 그애와는 나름 돈독한 부자 관계를 유지해왔다고 생각한다. 서로의 생활이나 상황에 대해 공유하고, 인터넷에 떠도는 레시피로 함께 불닭게티인가 하는 것을 끓여먹기도 하고, UEFA 챔피언스 리그 경기를 보며 밤을 새우기도 하고······ 넉 달 전, 아들의 용돈을 끊기 전까지는 그랬다.

예상과는 달리 아들은 금방 전화를 받았다.

문자 보셨어요?

다짜고짜 용건부터 전하는 아들의 태도가 마뜩잖았지만, 내색하지 않고 안부를 물었다.

그래, 봤다. 요즘은 어떻게 지내니?

경합 준비하느라 바빠요. 뮤직비디오도 그것 땜에 찍는 거고요.

경합?

EBS '헬로루키'요.

아들은 올해로 스물아홉이었다. 많은 나이는 아니지만, 그렇다고 새판을 벌이고 뛰어들기 좋은 나이도 아니었다. 아들이 문화인류학과를 졸업하고 대학원에 들어갈 때까지만 해도 나는 그애의 미래가 그저 평범하고 순탄할 거라 단언했다. 적어도 '페이퍼 앰프'라는 우스꽝스러운 이름의 밴드 활동을 독려하기 위해 달마다 적지 않은 생활비와 '자랑스러운 아들 보형에게'로 시작하는 장문의 메시지를 보낸 건 아니었으니까.

아들은 다음주 월요일까지 동영상 심사에 제출할 뮤직비디오를 찍어야 한다고 했다. 아직 장소 섭외를 하지 못했는데, 금촌동 집이 방음도 잘되고, 숲과 접해 있어 콘셉트 측면에서도 딱 적합할 것 같다고.

차라리 세트를 빌리지 그러니. 카페나.

아들에게 그만한 공간을 빌릴 여력이 없단 것을 알고 있음에도 부러 불퉁스럽게 대꾸했다. 휴대폰 너머에서 아들의 한숨 소리가 들렸다. 아들이 입을 떼기도 전에 말을 가로챘다.

그것도 아니면 너희 연습실에서 찍으면 되겠구나.

방음도 안 되는 옥탑에서 어떻게요, 아빠.

아들의 목소리가 점점 작아졌다. 빈정대며 그애에게 소리쳤다.

년 왜 늘 나한테만 그러냐. 네 엄마한테 말하지.

이런 얘기 엄마한테는 못하는 거 아시잖아요, 아빠……

불리한 상황이면 그러하듯 아들은 말끝을 흐리며 웅얼댔다. 이번만큼은 유야무야 넘어가고 싶지 않았지만, 마음이 그애 쪽으로 기우는 건 어찌할 방도가 없었다. 지금은 아들에게 가장 비관적인 시기였다. 그애 말로는 공연을 하면 겨우 교통비 정도가 떨어진다고 했다. 그것조차 주어지지 않을 때가 더 빈번했고. 그리고…… 추측건대 아내의 원조는 훨씬 오래전 끊긴 게 분명했다. 자식 잘난 맛에 사는 사람이었으니. 휴대폰 너머에서 코를 훌쩍이는 소리가 들렸다.

아빠, 정말 이러시기예요?

서른 가까이 되었는데도 아들은 여전히 애 같았다. 이제 나마저 등을 돌리면 그애는 영영 무너질 수도 있을 터였다. 이럴 때는 마지못한 척 자식의 손을 들어주는 게 능사였다. 자식 이기는 비정한 부모 역할은 언제나 아내의 몫이었지, 내 몫은 아니었으니까. 별수없다는 듯 말했다.

언제 올 건데?

내일요.

집을 쓰게 해줄 순 있어도 아예 비워줄 순 없다. 나도 같이 있을 거야.

좋을 대로 하세요.

감사하다는 말을 내심 바랐지만, 아들은 끝까지 그 말을 아꼈다. 인류학과까지 나온 놈이 어째서 살갑진 못할까. 통화를 마친 뒤, 홀로 늦은 저녁을 챙겨 먹었다. 전자레인지에서 꺼낸 카레는 겉은 뜨겁고 속은 생각보다 찼다.

*

아들은 토요일 오후 세시쯤 도착한다고 했다. 집은 동네 초입에 있는 버스 정류장에서 삼십 분은 더 걸어야 하는 변두리에 있어 아들이 도착하기 전 미리 메시지를 보내놓았다.

—너네 버스 타고 오지? 데리러 갈까?

—저희 차 있어요. 그거 타고 갈 거예요.

아들을 기다리는 동안 옷을 여러 번 갈아입었다. 고심 끝에 초이스한 건 몇 년 전 스파 매장에서 집히는 대로 골라 산 건스 앤 로지스 티셔츠였다. 셔츠에 커피를 쏟아 얼결에 산 옷을 이렇게 입게 될 줄이야. 거울 앞에 서서 내 모습을 꼼꼼히 살폈다.

너무 튀나.

다른 옷으로 갈아입으려다 마음을 고쳤다. 좋든 싫든 아들의 동료—그렇게 부르는 게 맞는지는 모르겠지만—들과 만나는 날이었다. 젊은 사람들이 등산용 바람막이나 생활한복을 입는 교사들을 얼마나 우스워하고 깔보는지 나는 잘 알고 있었다. 그들에게 구닥다리로 비치긴 싫었다. 아들도 그걸 원치 않을 테고.

약속한 시간이 거진 가까워졌을 때, 밖에서 엔진소리가 들려왔다. 얼른 거실로 뛰어가 창을 내다보았다. 연식이 오래된 다마스 한 대가 마당으로 들어오고 있었다. 요즘에도 저런 차가 생산되나. 무난한 등장을 기대한 건 아니었지만, 눈앞에 펼쳐진 장면은 생각보다 더 괴이했다. 다마스에서 내린 사람은 아들을 포함해 총 네 명이었다. 창가에 서서 떠들썩하게 짐을 내리는 아들의 동료들을 쓱 훑었다. 어깨가 한 뼘 이상은 남는 오버핏 재킷을 입은 아이, 넝마 같은 셔츠를 걸친 아이, 나이키 홀로그램 로고가 전면에 인쇄된 후드 티셔츠를 입은 아이. 패션을 좀 아는 내가 봐도 그들의 패션은 난해했다. 아들 역시 비슷한 차림이었지만 그애의 해괴한 헤어밴드보다는 핼쑥한 얼굴에 더 눈길이 갔다. 사 개월 전 마지막으로 만났을 때보다 아들은 훨씬 앙상해져 있었다. 무모하게 일을 벌이는 그애 때문에 분통이 터지다가도 이럴 땐 애처롭고 딱한 마음이 앞섰다.

도어록 누르는 소리가 났다. 아들과 그애의 동료들에게 건넬 첫인사를 고르며 현관으로 다가갔다.

어서 와요.

악수를 건네려 막 손을 내미는데,

화장실 어디예요?

앞서 집안으로 들어온 넝마 차림의 녀석이 내 말을 뚝 잘랐다. 머쓱하게 손을 거두곤 화장실을 가리켰다. 뒤에서 웃음이 터졌다. 나를 두고 웃는 건지, 화장실로 달려가는 녀석을 두고 웃는 건지 잘 가늠할 수 없었다. 아들의 동료들—이런 칭호가 과연 알맞을까—은 전부 어려 보였다. 끽해야 스물, 아님 스물둘. 그에 반해 아들은 꼭 그애들의 늙은 선배 내지는 조교처럼 보였다. 한참은 어려 보이는 애들 틈에 섞여 웃는 아들에게 나는 물었다.

저거 누구 차냐?

방금 화장실 들어간 애요.

왜 저런 걸 끌고 다닌다니.

아들은 화들짝 놀라며 목소리를 죽였다.

그런 말은 왜 해요, 아빠.

가까이서 본 아들은 안쓰러울 정도로 수척해 있었다. 입술도 다 부르튼데다 가뜩이나 숱 없는 머리를 헤어밴드로 넘겨 더 궁해 보였다.

밥은 먹었니?

아뇨.

나는 아들의 동료들에게로 시선을 돌린 뒤, 점잖고 나긋한 말투로 되물었다.

뭐 좀 시켜줄까요? 다들 피자 좋아해요?

피자 좋죠.

나이키를 입은 녀석이 넉살 좋게 감사하다고 하자 다른 아이들도 따라 고개를 숙였다. 옷차림은 좀 특이해도 자세히 보니 얼굴은 둥글둥글 모두 유순해 보였다. 예의나 체면을 아주 차리지 않는 애들은 아니구나, 안도하며 파파존스에 전화를 걸려던 찰나 곁으로 아들이 다가왔다.

아빠.

아들은 내 어깨에 슬며시 팔을 두르며 말했다.

고기랑 햄은 빼달라고 하세요. 저희 채식하거든요.

채식?

네.

그거 너도 하는 거냐?

네.

헛웃음이 나왔다. 내 주변에도 베지테리언이 몇 있었다. 그 대표적인 케이스가 교감이었다. 나보다 다섯 살 많은 교감은 당뇨를 앓기 시작한 마흔부터 고기를 끊었다. 교감은 점심시간마다 교무실에 앉아 급식 대신 현미로 만든 밥과 두부조림을 먹었다. 주위 시선은 전혀 아랑곳 않고. 그만하면 다행이지 한번은 회식으로 페스코 베지테리언 식당에 가자고 해 모두를 당황시킨 적도 있었다. 김선생도 고기 끊어봐요. 아침이 확실히 달라. 언젠가 내게 그렇게 말하기도 했다.

그치만 아들은? 그애는 건강했고, 평소 잡채에서 고기만 골라 먹을 정도로 육식이라면 사족을 못 썼다. 그런 애가 채식이라니. 아들은 트위터에서 공장식 축산과 동물실험에 대한 글을 보고 채식을 시작했다고 설명했다. 밴드 멤버들은 자기보다 더 철저한 베지테리언이라고도.

한 판은 치즈까지 빼주셔야 돼요. 비즈는 비건이거든요. 우유도 안 먹어요.

비즈?

아들은 나이키를 입은 녀석을 가리켰다. 비즈가 진짜 이름이냐고 물을 틈도 없이 아들은 다시 제 무리에 섞여들었다. 주문하려던 콤비네이션 피자에서 햄과 고기 토핑을 뺐다. 아들의 주문대로 다른 한 판은 치즈까지 빼고. 고기가 그렇게 문젠가, 피자에서 치즈를 뺄 정도로? 잠시 입맛을 다셨다. 흘러내리는 바지를 추켜올리는 아들을 보며 나는 생각했다. 이해는 가지 않지만, 그래도 뭐 어쩌겠나 존중해줘야지.

애들은 집 구경에 바빴다. 금촌동 집은 고명한 건축가 장―내 고등학교 동창이었다―이 설계한 복층형 단독주택으로, 건축 잡지 표지에 실릴 정도로 근사했다. 특히 거실 인테리어가 돋보였는데, 남향으로 난 전면창 앞에 서면 잣나무 숲이 훤히 내다보였고, 거기서 조금만 눈을 돌리면 책이 빼곡히 꽂힌 오크목 책장이 보였다. 거실 한 면을 차지할 만큼 커다란 그 책장은 이 집의 큰 자랑거리였다. 집을 방문한 손님들도 그것만 보면 탄성을 내지르곤 했으니. 와, 장서가네, 장서가야. 역시 국어 선생이라 뭐가 달라도 달라.

애들은 일층 이곳저곳을 둘러보다 아들을 따라 이층으로 올라갔다. 나이키를 입은 녀석만 빼고. 녀석은 거실 책장 앞에 서서 책을 꺼내 보기도 하고 장식품을 구경하며 혼자만의 시간을 보냈다.

와, 책 진짜 많네.

감탄하는 녀석을 우쭐한 마음으로 주시했다. 아내와 함께 살 때도 나는 거실에 텔레비전을 두지 않고, 벽 한 면을 책에 양보했었다. 책장엔 대학 시절부터 차곡차곡 모은 책들—학원사 세계문학 전집, 『키노』와 『씨네 21』······—뿐만 아니라 오래된 LP 컬렉션과 함께 조합에서 받은 상패가 전시되어 있었다. 상패는 책장 한 편에 무심한 듯 놓여 있었지만, 틈날 때마다 마른 융으로 닦아 광을 내는 애물愛物이었다. 나이키는 상패에 손을 갖다대며 물었다.

아저씨, 전교조예요?

누군가 그렇게 물어올 때면 나는 늘 거리낌없이 그렇다고 답해왔다. 지금은 활동을 뜸하게 해도 한때는 조합의 지부장으로서 부당한 일에 목소리를 높이고 교육 환경을 개선하기 위해 힘써왔으니까. 그건 어찌 보면 내 아이덴티티이자 자부심이었는데, 나이키의 물음에는 평소와 사뭇 다르게 반응해버렸다.

그건 왜……?

내 물음에 녀석은 심드렁하게 답했다.

그냥요.

이층에 올라갔던 아이들이 내려오고, 나이키가 애들 쪽으로 간 후에도 뇌리엔 내내 녀석의 말이 박혀 맴돌았다. 나를 힐끗대던 녀석의 미묘한 눈빛, 감사패를 툭 건드리던 손도 신경 쓰였다. 책장으로 가까이 가 비뚤어진 감사패를 바르게 정렬했다. 삼십사 년의 교직생활 동안 나는 수많은 아이들을 겪어왔다. 약간의 변수는 존재해도 그 나이대 애들이란 다 거기서 거기. 말을 조금 섞어보면 그 수가 어느 정도 파악됐다. 휴대폰을 들고 거실을 누비는 애들을 훑어보았다. 아직 가늠은 되지 않지만, 아마 저애들 역시 비슷하리라. 호흡을 가다듬으며 나는 애들이 모여 있는 쪽으로 다가갔다.

둘러앉아 채소가 잔뜩 든 피자를 먹는 동안에도 그애들은 좀처럼 휴대폰을 손에서 놓지 않았다. 통성명조차 않고 무언가 하느라 바빴다. 이럴 땐 아들이 좀 나서주면 좋으련만. 멀뚱히 앉아 니 맛도 내 맛도 아닌 피자를 씹다 결국엔 내가 먼저 운을 뗐다.

네 동료들은 몇 년생이니?

99년생이요. 어리죠?

대답 대신 쩝, 입맛을 다셨다.

다들 생각도 깊고 음악도 잘해요.

그애들은 조금 전부터 아이패드를 세워놓은 채 저들끼리 시시덕대고 화면을 향해 무어라 무어라 웅얼대고 있었다.

쟤들 지금 뭐하는 거니?

인스타 라이브요.

그게 뭔데?

그러니까…… 팔로어들이랑 실시간으로 소통하면서 자기가 뭘 하고 있는지 보여주고 홍보도 하고, 뭐 그런 거예요.

누군가 자기들의 일거일동을 지켜보고 있다는데도 그애들은 무감하게 피자를 먹고 시시껄렁한 농담을 주고받았다. 말없이 먹기만 하거나 화면을 벗어날 때도 태반이었다.

저걸 보는 사람이 있어?

네. 스물여섯 명.

아들이 화면으로 고개를 움직이며 말하고는 내 쪽으로 화면을 돌렸다.

아빠도 찍어보실래요?

화면은 이제 내 얼굴로 채워졌다. 드문드문 올라오는 댓글과 알록달록한 하트, 어리둥절한 얼굴을 한 나를 들여다보았다. 나는 시대에 뒤처지는 사람이 아니었다. 모바일 앱으로 신문을 읽었고 유튜브와 페이스북 계정도 있었다. 그치만 이건…… 고요하면서도 시끄럽고 무심하면서도 관심으로 들끓는 이곳은 내가 아는 세계가 아니었다.

난 됐다 됐어.

손사래를 치며 서둘러 화면 밖으로 빠져나왔다. 잠깐이었지만 기분이 이상했다. 내게는 이렇게 이질적인 세계를 아들과 그애의 동료들은 대수롭지 않게 드나든다는 것도 희한했고. 이만큼 따라왔나 싶으면 또 저만큼 멀어지는 게 요즘 세상이었다. 치즈 없는 피자를 먹는 애들을 둘러보았다. 비록 저애들보다는 뒤처져도 동년배에 비해선 적응이 빠른 편이었다. 키오스크를 사용하는 데에도 별다른 거부감이 없었다. 중요한 건 언제나 속도가 아니라 수용이었다.

저 세계에도 언젠가 적응되겠지.

하트와 댓글로 도배된 화면을 보며 생각했다.

아이들은 얼추 배가 찼는지 뮤직비디오 촬영을 시작했다. 원래 야외에서 촬영할 예정이었지만 그러기엔 미세 먼지 농도가 높았고 마당 역시 관리하지 않아 잔디가 웃자라 있었다. 어쩔 수 없이 촬영은 집안에서 진행되었다. 아이들은 가지고 온 짐을 거실에 부렸다. 악기라곤 펜더 일렉 기타 하나가 전부였다.

베이스나 드럼 같은 건 없나보네.

악기는 여기 다 있는데요.

나이키가 아이패드를 가리켰다. 거기 뭐가 있다고? 되물을 새도 없이 녀석은 스위치와 페달이 많은 기계 하나를 가져오더니 기계의 선을 곧장 아이패드에 연결했다.

그건 뭐니?

루프스테이션이요.

루프…… 뭐?

루프스테이션요.

한때 학교 밴드부를 지도한 적도 있었지만, 그때도 이런 건 본 적이 없었다. 한눈에도 프로페셔널해 보이는 장비. 휘둥그런 눈으로 그것을 살피는 내게 녀석이 소리쳤다.

아저씨 여기 계속 계실 거예요?

독오른 뱀처럼 신경이 바짝 곤두서 있는 녀석에게 쭈뼛쭈뼛 말했다.

미안하다. 방해 안 할게.

그애들과 멀찌감치 떨어진 곳에서 나는 조용히 주위를 살폈다. 아들은 소파에 앉아 기타를 튜닝하고 있었다. 분주히 무언가 연결하고 설치하는 애들 틈에서 그애 혼자 고요했다. 섬섬

옥수로 프렛을 짚는 아들을 보고 있자니 좀 침울해졌다. 아들은 3월생이었다. 빠른 연생은 아니었지만 나와 아내는 무리하게 그애를 조기 입학시켰다. 그때는 그랬다. 뭐든 빠른 게 좋은 거라는 인식. 남들보다 일 년을 버는 게 이득이라는 믿음. 그럼에도 불구하고 그애는 또래에 비해 뒤처졌다. 발육이 더뎠고, 삼수를 해 겨우 대학에 들어갔으며 졸업이 유보되어 대학원 입학도 일 년 지체되었다. 본래 그애 체성이 그랬다. 뭘 하든 느리고 조심스러웠다. 세상은 급진적이고 치열하고 격렬한데 그애만 그 속에서 홀로 슬로모션중이었다. 아들은 스트링을 몇 번 팅기다 내 쪽을 힐끗 보았다. 그애를 향해 손을 흔들어 보였다. 저게 밥이 될지는 모르겠지만, 아들이 애정을 쏟고 있는 대상인 건 분명했다. 느리긴 해도 그애에게는 한번 문 건 끝까지 놓지 않고 붙드는 근성이 있었다. 김성모 만화 주인공처럼. 미간까지 좁힌 채 집중하고 있는 아들을 보자니 가슴이 먹먹해져왔다. 근성과 패기, 그거야말로 재능 아니겠나. 밥이야…… 내 몫을 나누어주면 되지.

아이들은 마지막으로 카메라를 세팅한 후, 오크목 책장을 배경으로 두고 섰다. 숨을 죽인 채 아들과 그 동료들을 지켜보았다.

나이키가 아이패드를 통해 드럼 비트와 베이스 라인을 찍어내고 오버핏 재킷이 화음을 넣으면 넝마 셔츠가 루프스테이션을 조작해 그것들을 한데 모았다. 풍부한 화음, 둔중한 베이스음, 리드미컬한 드럼 비트가 겹겹이 쌓이며 리듬이 만들어졌다. 아이패드와 루프스테이션을 능숙하게 다루는 아이들을 나는 멍하니 바라보았다. 그애들은 뭐랄까, 내가 아는 밴드들과는 확실히 달랐다. 이채롭긴 했지만, 그건 음악이라기보다는 기술에 가까웠다.

저런 것도 음악이 되나.

저게 정말 음악이 맞나.

들으면 들을수록 더 알쏭달쏭해졌다. 심란한 얼굴로 비트에 귀 기울일 때, 밴드에서 유일하게 악기를 연주하는 아들의 기타 솔로가 시작되었다. 내심 고대하며 아들의 연주를 지켜보았다. 그래, 너만은.

믿고 싶지 않았지만, 그 밴드의 옥의 티는 아들이었다. 기계가 만들어낸 다채롭고 현란한 사운드에 아들의 연주는 자꾸 묻혔다. 심지어 중반쯤 이르렀을 땐 삑사리가 나기도 했다.

아. 자꾸만 탄식이 새어나왔다. 아들의 손에 들린 펜더 기타를 빤히 쳐다보았다. 저 기타가 아들의 손에 들어가기까지의 과정을 나는 잘 알고 있었다. 아들이 맥도날드에서 받은 산재보상금으로 화상 치료를 받는 대신 일렉 기타를 샀을 때 얼마나 골이 터졌는지도. 그때를 떠올리자 미약한 두통이 일었다. 그때 엄하게 혼을 냈어야 했는데, 화상 치료비를 대신 지불해

주지 말았어야 했는데, 아니 그전에 그 빌어먹을 아르바이트를 시키지 말았어야 했는데. 그랬다면 아들은 지금 대학원에서 석사과정을 밟고 있지 않았을까. 곡은 이제 클라이맥스에 다다르고 있었다. 아들이 미간을 좁히며 연주에 몰입할 때마다 심경은 더더욱 복잡해졌다.

어때요?

한차례 촬영이 끝나고 아들이 나를 향해 물었다. 맘 같아선 빌어먹을 거 당장 관두라고 윽박지르고 싶었지만, 그러기엔 나는 너무 점잖은 사람이었다. 한껏 달뜬 얼굴로 나를 보는 아들이 걸리기도 했고.

좋은데…… 음…… 악기가 더 들어가면 좋을 것 같기도 하고……

나이키가 어이없다는 듯 답했다.

악기는 지금도 들어가 있는데요?

그치…… 그렇긴 한데 내 말은…… 진짜 악기 말이다. 샤우팅도 좀 들어가면 더 밴드 같을 거 같고. 백두산이나 시나위처럼.

백두산? 시나위? 그게 뭐야? 백두산은 북한에 있는 거 아냐? 애들이 수군거렸다. 당황했지만 내색지 않고 말을 보탰다.

시나위는 얼마 전까지도 활동했던 밴든데, 너희 다 모르니?

내 말에 애들은 휴대폰을 꺼내들어 검색을 했다. 유튜브에 올라와 있는 시나위 공연 영상을 보던 나이키가 말했다.

아, 이거 들어본 적 있는 것 같아요.

스피커 볼륨을 높인 채 〈크게 라디오를 켜고〉를 들으며 녀석은 말을 이었다.

근데 이거 너무 구식이네요. 피치도 떨어지고 메이저 스케일에서 벗어나질 못하는데.

어그먼트 코드니, 파라디들 패턴이니 들먹이며 음악성에 대해 논하는 나이키와 그 옆에서 맹추처럼 고개를 주억이는 아들을 보고 있자니 심기가 거슬렸지만 꾹 참고 비위 좋게 대꾸했다.

허허, 그래도 우리 때는 기라성 같은 밴드였어.

그런 말 쓰면 안 되는데.

뭐?

기라성이요. 그건 일본 잔재잖아요. 유도리, 찌라시 이런 말처럼.

어안이 벙벙해졌다. 나이키는 손까지 꼽으며 잔존해 있는 일본말을 하나하나 열거하기 시작했다. 노가다, 기스, 와꾸…… 나를 가르치는 듯한 녀석의 태도에 아까 받은 수모가 겹쳤다. 속이 끓었고 분노가 치밀었지만 어찌되었든 녀석의 말이 틀린 건 아니었다. 우기고 땡깡을 부리며 모욕을 되갚아 주는 것보다 일단은 굽히는 게 어른으로서의 체통을 지키는 일이리라.

그래, 주의하마.

네, 앞으론 그런 말 쓰시면 안 돼요 아저씨.

나이키가 말했다.

화장실로 가 찬물 세수를 했다. 나이키의 말을 듣는 동안 얼굴이 붉게 달아오른 것을 아들도 눈치챘을 것 같았다. 싸가지 없는 놈. 참아보려 해도 울분이 쉬이 사그라지지 않았다. 삼십사 년간 우리말을 가르쳐온 시간이 녀석으로 인해 한순간 부정당하고 엉터리로 매도된 것만 같았다. 왜 녀석을 참아줬을까. 찬물을 연거푸 얼굴에 끼얹으며 곰곰이 생각했다.

학생 인권 조례니 뭐니 해도 동료 교사 중엔 여전히 애들에게 매를 드는 이들이 있었다. 폭력이나 폭언 없이는 훈육이 불가하다고 믿는 작자들. 구태의연한 교육 방식을 꾸준히 고수하는 작자들. 일평생 나는 그들과는 다른 부류였다. 그들보다 더 진보적이고 참을성 있었으며 유연했다. 비이성을 비이성으로 갚는 게 얼마나 보기 흉한 일인지 나는 누구보다 잘 알고 있었다. 굳이 적을 만들 필요는 없었다. 거울 앞에서 되뇌듯 중얼댔다.

그래, 나는 베테랑이니까.

개운치는 않았지만, 그렇게 말하고 나니 기분이 한결 나아졌다. 축축하게 젖은 얼굴을 건스 앤 로지스 티셔츠에 문질러 닦고는 화장실에서 나왔다.

아무 일도 없던 것처럼 입꼬리를 올리며 아들에게 향했다. 아들은 다른 애들과 한데 모여 녹화본을 확인하고 있었다. 아들의 표정이 좋지 않았다. 다른 애들도 모니터를 보며 얼굴을 일그러뜨리고 있었다. 뭔가 문제가 있는 것 같았다.

아빠, 드릴 말씀이 있는데요.

아들은 난처한 얼굴로 나를 부엌으로 끌고 갔다. 밴드 멤버들 쪽을 힐끗대며 그애는 조심스럽게 말을 이었다.

저희가 방금 촬영본을 확인해봤는데, 좀 걸리는 게 있어서요.

뭔데?

그게……

아들은 머뭇대다 책장에 가지런히 놓인 감사패를 가리켰다.

저건 빼야 될 것 같아요. 너무 튀고 화면에 예쁘게 잡히지 않아서……

애써 유지하고 있던 미소가 서서히 가셨다. 아들을 향해 나는 조용히 물었다.

누가 시키던?

네?

누가 빼라고 시켰냐고.

아들은 선뜻 입을 떼지 못했다. 누구 짓인지는 안 봐도 뻔했다. 책장 앞에 서 있는 나이키 앞으로 나는 성큼성큼 걸어갔다. 막 감사패를 집어든 녀석을 똑바로 응시했다. 녀석 역시 내 시선을 피하지 않았다. 침착하려 애쓰며 최대한 점잖게 말했다.

그거 내려놔라.

아들이 다급하게 다가와 내 팔을 잡았다.

아빠, 얘네가 이런 거 많이 찍어봐서 잘 알아요. 아빠도 아시잖아요, 미장센이 중요하다는 거.

다른 녀석들도 말을 보탰다.

빨리 찍고 그대로 제자리에 둘게요.

한 번만 봐주세요, 아저씨.

천천히 호흡을 가다듬었다. 자식뻘 되는 애들과 얼굴 붉히고 싶진 않았다. 아들 앞에서 추태를 부리는 것 같기도 했고.

그래, 나는 똘레랑스가 있는 사람이니까.

겨우 마음을 추스르고 합의점을 찾으려 하는데, 나이키가 또다시 툭, 손가락을 튕겼다. 존나 별것도 아닌 걸로. 감사패를 건드리며 그렇게 중얼거린 것 같기도 했다. 피가 얼굴로 확 몰렸다.

내려놔.

아들이 불안한 얼굴로 내 쪽을 보고 있었다. 아들 때문에라도 더 녀석에게 지고 싶지 않았다.

니들 마음대로 할 거면 당장 나가라.

녀석은 기죽지도 않은 채 나를 빤히 바라보았다. 조금 더 완고하게 일렀다.

여긴 내 집이야.

와, 진짜 대박이네.

녀석이 실소를 터뜨렸다. 얼떨떨한 얼굴로 상황을 관망하던 다른 녀석들도 한 명씩 따라 웃었다.

웃어? 녀석들은 뭐가 우스운지 계속 큭큭댔다. 큭큭. 나의 삼십사 년을 애물로 취급하는 녀석들. 버릇없고 무례한 그애들에게 진저리가 났다. 부끄럽다는 듯 내게 등을 돌린 아들에게도. 이젠…… 정말 못 참아.

야! 니들 정말……

단전에 힘을 잔뜩 주고 소리치려던 찰나, 기묘한 광경이 펼쳐졌다. 인스타그램 라이브 화면에 형형색색의 하트가 마구 쏟아지고 있었다. 이전과는 확연히 다른 기하급수적인 하트.

―????????

―??????

―?????????

솟구치는 댓글들, 그리고 순간.

픽.

끓는 냄비 안에서 부풀고 부풀다 터지는 만두처럼 픽, 단전에 힘이 빠져버렸다. 그애들은 여전히 폭소하고, 아들은 연신 바지를 추켜올리고. 저게 밀레니얼이구나. 나를 향해 쏟아지는 화면 속 무수하고 끊임없는 하트를 보며 들릴락 말락 한 목소리로 중얼거렸다.

그러는 거 아니다…… 니들 정말 그러는 거 아냐.

*

월요일에도 파주 시청 근처에서 오를 픽업했다. 차에 타자마자 오는 기다렸다는 듯 이틀 치 밀린 이야기를 쏟아냈다. 평소였다면 듣고 싶은 말은 듣고 거를 말은 거르며 적당히 맞장구를 쳤을 테지만, 도저히 기분이 나지 않았다. 말없이 운전만 하는 내게 오가 슬쩍 물었다.

샘은 주말 잘 보내셨어요?

네, 뭐 그냥……

말을 흐렸다. 잇몸이 욱신거렸다. 그애들이 떠나고 이틀 내내 먹은 고기 때문이었다. 애들이 촬영을 제대로 끝냈는지는 알 수 없었다. 그애들이 거실에 있는 동안 나는 방에 누워 맥없이 천장만 바라보다 집안이 완전히 고요해진 뒤에야 일층으로 내려왔다. 허기가 졌다. 널브러진 물건을 제자리에 정리하고 차게 굳은 피자를 쓰레기통에 욱여넣은 뒤, 벽지에 누린내가 뱉 때까지 양껏 고기를 구워먹었다. 소고기와 돼지고기, 닭고기, 냉동고 깊숙이 들어 있던, 언제 사놓았는지 모를 고기들까지도. 잇몸에 피가 맺히도록 양치를 했는데도 어금니에 낀 고기가 빠지질 않았다. 혀로 어금니를 건드리며 오에게 말했다.

주말에 아들이 왔었어요.

어머, 그 대학원 다닌다던 아드님? 좋으셨겠네.

오가 말했다. 문득, 오라면 내 입장을 이해해줄 수도 있겠다는 생각이 들었다. 그녀는 전교조 창립 멤버였고 대학 다니는 딸도 있었으니까. 지난 주말에 있었던 사건을 나는 그녀에게 찬찬히 털어놓았다. 채식 피자, 인스타그램 라이브, 루프스테이션, 감사패를 툭, 건드리던 녀석의 건방짐과 내가 겪은 치욕과 수모에 대해. 목소리가 커지고 쉰 소리가 나왔다. 실수로 클랙슨을 누르기도 했다. 오는 아무 반응 없이 내 이야기를 듣다 한참 만에 대꾸했다.

아…… 그래요?

짧은 정적. 휴대폰을 꺼내들고 메시지를 확인하며 오는 다시 말을 이었다.

제가 그 얘기 했던가요? 어제 곽샘이 나한테 기프티콘을 보냈다고? 아니 자기 말이 너무 셌던 것 같다고 그러데요.

잇몸에 이물감이 심하게 느껴졌다. 쯥쯥 쯥쯥 쯥쯥. 잇따라 쯥쯥대는 나를 오는 살짝 흘겼다. 그녀가 말했다.

사람이 의뭉스런 구석은 있어도 악하진 않은 것 같은데……그래도 성과급 나누겠단 말은 끝까지 안 하는 거 있죠.

휴대폰으로 연예 기사를 읽으며 그녀는 말을 보탰다.

뭐 어쩌겠어요, 요즘 애들이 다 그런걸.

쯥쯥, 혀를 굴리며 나는 요즘 애들에 대해 생각했다. 그애들의 불손한 언행과 내가 입은 피해를 머릿속으로 열거해보았다. 따지고 보면 심각한 일은 아니었다. 그애들이 정말 내게 피해를 줬나 싶기도 했다. 존나 별것도 아닌 걸로, 그 말을 확실하게 들은 것도 아니고, 내가 겪은 면면이 그애들의 전부가 아닐 수도 있었다. 그러나…… 그렇다면 내가 느낀 모멸의 정체는 무언가. 이게 누구의 잘못도 아니라고? 정체된 도로에서 슬금슬금 액셀을 밟으며 중얼댔다.

네. 요즘 애들이 다 그래요.

쯥, 어금니에 낀 고기가 빠질 듯 빠지지 않았다.

예소연

우리 철봉 하자

맹지와 친해지게 된 계기는 닮은 외모였다. 면역력을 높이는 데 고강도 운동이 좋다고 하기에 큰맘 먹고 크로스핏을 등록하러 갔다. 그런데 바로 앞에 등록한 사람 이름이 하필 이맹지였고 나는 그 이름을 보고 작게 웃었다. 그러자 팔뚝이 두꺼운 관장이 맹지의 이름과 나를 번갈아 가리키며 말했다. 오, 그러고 보니 닮았네요. 석주씨하고. 정말 헷갈렸는지 그날 이후로 체육관 선생님들은 자연스럽게 나와 맹지의 이름을 바꿔 불렀다. 맹지씨, 오늘도 파이팅입니다. 맹지씨, 자주 나와야죠. 석주씨는 일주일에 세 번씩 나와요. 그들은 나와 맹지의 이름을 무려 한 달 동안이나 바꿔 불렀다. 그 한 달 동안 나도 맹지도 구태여 그것을 정정하지 않았다. 결국 나는 내 나름대로 버피 테스트 최고 기록을 찍은 후에야(물론 다른 수강생과는 비교할 수 없을 지경으로 처참한 성적이었지만) 선생님이 보드에 적은 맹지라는 이름을 지우고 내 이름을 적었다. 딱 한 달 만이었다. 부러 아주 천천히 글자를 써내려갔다. ㅅㅓㄱㅈ…… 선생님은 내 이름을 빤히 보더니 급히 누군가에게 메시지를 보냈다. 그리고 집에 돌아와 샤워를 하던 중 회원님,으로 시작하는 장문의 사과 메시지를 받았다.

자세가 너무 똑같은 거예요. 마스크도 썼는데 하필이면 머리 길이도 비슷해서. 사실 기분이 아주 나빴다거나 하지는 않았다. 처음으로 맹지와 같이 운동을 하게 된 날에는 살짝 안 좋을 뻔했지만. 왜냐하면 내가 봐도 맹지의 스쾃 자세가 형편없었기 때문이었다. 내 자세는 맹지보다는 낫다고 생각했는데 하필이면 선생님이 나와 맹지를 한 팀으로 짝지어줬다. 우리는 남들이 하는 스쾃 개수의 절반도 채우지 못했다. 턱걸이도 못했다. 발목이 불안정해 박스 점프도 못했다. 우리는 주어진 오십 분 동안 비칠거리며 스쾃을 몇 개 해내고 턱걸이 대신 봉에 걸린 운동용 고무줄로 등 운동을 했다. 그리고 박스 대신 벤치프레스용 플레이트 위로 낮게 점프하고 내려오길 반복했다.

너 나 할 것 없이 땀이 뚝뚝 떨어지는 와중에 먼저 말을 건이는 맹지였다. 어디 사세요? 내가 이 근처에 산다고 하자 자기도 이 근처에 살고 있다고 했다. 같이 운동해요. 맹지가 그렇게 제안하며 내 번호를 물었다. 그렇게 우리는 운동은 별로 안 하고 밥 먹고 술 먹고 PC방이나 가는 사이가 되었다. 맹지는 십 킬로그램을 감량하기 위해 크로스핏을 시작했다고 했다. 십 킬로? 내가 되묻자 맹지는 우물쭈물하면서 그렇다고 했지만 김치찌개 먹을 때는 밥을 두 공기나 먹었다. 그러더니 소주를 한 병 반쯤 비웠을 때 슬그머니 고백했다. 남친이 뺐으면 좋겠다고 해서.

나는 그 순간 이 여자는 다시 보긴 어려운 사람이라고 생각했지만, 2차로 〈오버워치〉를 하러 PC방에 함께 가면서 마음을 바꿨다. 함께 소주를 먹고 〈오버워치〉를 할 수 있는 삼십대 친구는 만나기 쉽지 않았다. 우리는 그날 밤 집에 잘 들어갔냐는 카톡으로 시작해서 서로에게 모든 시시콜콜한 이야기를 쏟아붓기 시작했다.

*

나와 맹지는 밥을 먹고 주로 커다란 아파트 단지(물론 우리는 이곳에 살지 않았다) 뒤에 조성되어 있는 산책로를 걸었다. 산책로는 안산과 이어져 있었다. 우리는 안산에 오르기 직전까지만 걷다가 되돌아오길 반복했다. 나는 천천히 걸으며 늦깎이 의대생인 맹지의 애인이 매일 졸음을 쫓기 위해 물파스를 눈 밑에 바른다는 이야기를 듣고 있었다. 눈 밑에 물파스 바르는 사람 좋아해? 내가 묻자 맹지가 고개를 저으며 대답했다. 근데 얘 말고 다른 남자가 없어.

"너 남자 없이 못 사나?"

"어, 나 못 사는 거 같아."

"질린다, 진짜."

"넌 살아?"

"난 살고 있어."

"살아서 뭐해."

"그냥 사는 거지."

나는 그렇게 대답하고 한숨을 푹 내쉬며 말했다. 엄청 많을 걸. 너 좋아해줄 사람. 그러자 맹지가 눈을 빛내며 왜? 하고 물어왔다. 네가 날 닮았잖아. 나는 그렇게 대답하고 앞질러 걸어갔다. 그리고 정자에 앉아 유튜브를 켰다. 이거 봐봐. 이걸 하면 자신감이 생긴대.

내가 비정규직으로 일하는 온라인 교육 플랫폼 회사는 카테고리별로 여러 강의를 송출했다. 그 강의를 전부 검수하여 편집점을 찾아내는 게 나의 주요 업무였다. 사주 풀이나 창작 교실과 같이 재미있는 강의도 많았고 타 플랫폼에 비해 퀄리티도 괜찮은 편이었다. 하지만 묘하게 다른 나라를 비난하거나 인종차별의 소지가 있는 내용이 더러 눈에 띄어 송출 전에 잡아낸 적도 있었다.

사장은 내가 그런 부분에서 예리하다며 좋아했다. 요즘은 사사건건 트집을 잡는 시대라서 이런 것들은 기민하게 캐치해 사전에 전부 편집해야 한다는 것이었다. 나는 정치적으로 민감한 부분들을 초 단위로 표시해둔 뒤 맥락 전부를 문서에 기록하고 특히 문제 될 여지가 있는 대사를 빨간색으로 표시해두었다.

—허대리님. 이거 나 페미 같아요?

—그 정도는 아니에요.

—이 부분은요?

—팀장님께 물어봐야 할 듯.

그즈음 내가 상사와 나눈 카톡 대화는 거의 이랬다. 특정 강사들은 성차별적 언사가 유독 두드러졌다. 특히 정신분석이 가볍게 다뤄지는 강의에서 그런 태도가 많이 나타났다. 나는 일을 하면서 문득 내가 작아지는 기분이 들었는데, 분명 문제인 것 같지만 문제라고 말하는 게 더 문제적이라는 생각이 들어서였다. 도대체 무엇 때문에? 사장이 예리하다고 칭찬까지 해준 마당에. 그때 우연히 본 게 자신감 훈련에 관한 유튜브 영상이었다.

"이걸 하라고? 지금?"

"응, 이렇게 손을 뻗어서."

정자에 눕듯이 앉아 있는 맹지에게 직접 시범을 보여주었다. 팔을 쭉 뻗어서 비행기 자세를 하고 무릎을 굽혔다. 그리고 작은 소리로 웃기 시작하면서 무릎을 펴며 빠르게 걸었다. 그렇게 비행고도가 올라갈수록 더 크게 웃었다. 하하하하! 하하하하하! 하하하하하하!

그리고 다시 무릎을 굽히며 내려가면서는 웃음소리를 점점 죽였다. 그걸 몇 번 반복했다. 하하하하하하! 하하하하하! 하하하하! 하하하하하! 하하하하하하! 등산복을 입은 사람들이 흘긋거렸다. 나는 그들을 애써 무시하려고 노력했다. 맹지가 휴대폰을 만지작거리다 손으로 얼굴을 가렸다. 난 못 해. 나는 앉아 있는 맹지를 일으켰다. 맹지는 다시 털썩 주저앉았다. 우리는 그렇게 한참 실랑이하면서 깔깔거렸다. 아, 알았어. 하면 되잖아. 맹지가 양팔을 쭉 뻗었다. 그러더니 꽤 오랫동안 그 자리에 서 있었다. 천천히 숨을 고르며 비행기 탈 준비를 하는 맹지의 귀가 붉게 물들어 있었다. 귀여운 녀석. 맹지는 하얗고 이마가 동그랬다. 나도 하얗고 이마가 동그랬다. 하얗고 이마가 동그란 사람은 운동을 못하나. 문득 그런 생각이 들었다.

*

오랫동안 사귀었던 남자 하나는 순댓국을 먹은 다음날 연락이 두절되었다. 나는 울면서도 그런 생각을 했다. 들깻가루를 너무 많이 뿌렸나. 나도 모르는 사이 이에 전부 끼었던 게 아닐까. 아니면 내가 깍두기 국물을 넣으려던 남친의 손을 너무 매몰차게 때렸던가. 가장 큰 문제는 그가 돈을 빌려놓고 갚지 않았다는 것이었다. 우리의 관계가 끝났다고 채무 관계까지 끝난 것은 아닌데. 나는 아쉬운 사람으로 비치는 게 싫어 바보같이 먼저 그에게 연락하지 않았다. 그 돈이 어떤 돈인데. 나는 이후로도 그런 비슷한 인간을 몇 명 더 만났고 이제는 연애하기를 포기했다.

나와 맹지는 그렇게 볼륨을 줄이고 키워가며 한참 비행기를 탔고 그러는 동안 나는 옛날 생각도 못한 채 맹지를 남미새 취급한 것이 문득 미안해졌다. 미안하다는 말을 하려는데 저멀리서 심상치 않아 보이는 아저씨 한 명이 나와 맹지를 향해 저벅저벅 걸어왔다. 캡을 쓰고 검은색 운동복 지퍼를 목 끝까지 채워 올린 아저씨였다. 왜소한 체격에 비해 각진 어깨가 눈에 띄었다. 선글라스 너머로 나와 맹지를 흘겨보는 것이 느껴졌다. 맹지는 그것도 모르고 숨을 가쁘게 내쉬며 비행기를 타고 있었다. 나는 그 아저씨가 우리에게 일침이나 일격을 가할 줄 알았다. 정말 우리 쪽을 똑바로 바라보며 다가오고 있었기 때문이었다. 하지만 아저씨는 조금 많이 부담스러울 정도로 가까운 거리에서 급하게 방향을 틀어 철봉으로 향했다.

"정말이야. 자신감이 조금 올라갔어."

맹지가 아무것도 모른 채 상기된 얼굴로 말했다. 나는 부러 아저씨를 흘긋거리며 눈치를 주었다.

"가자."

"왜? 좀 쉬자."

맹지는 정자에 털썩 앉더니 숨을 몰아쉬었다. 그러자 아저씨는 보란듯 철봉을 두 손으로 힘껏 쥐었다. 광배를 이용해서 가슴을 철봉에 딱 붙인 다음 두 발을 허공에 차 올렸다. 그리고 공중에서 발을 가지런히 모은 채 안정된 자세를 유지했다. 중력을 거스른 사람처럼. 그러더니 빠른 속도로 뱅글뱅글 돌기 시작했다. 맹지는 감탄하면서 내 쪽을 흘긋거렸다. 나는 우리가 같은 생각을 하고 있음을 눈치챘다. 내가 먼저 맹지에게 물었다.

"우리 의식하는 것 같지?"

맹지가 고개를 세차게 끄덕거렸다. 우리는 넋 놓고 철봉 하는 아저씨를 구경했다. 거의 열 바퀴를 돈 아저씨는 가볍게 뛰어내려 나와 맹지를 바라보았다. 그 모습에 압도되어 손뼉을 칠 수밖에 없었다. 심지어 나보다 맹지가 먼저 손뼉을 치기 시작했다. 우리는 한동안 그를 향해 열렬한 박수를 보냈다. 아저씨는 고개를 살짝 끄덕하며 인사했다. 아저씨는 그렇게 철봉을 한 후 쿨하게 안산으로 떠났다. 우리는 멀어져가는 아저씨를 빤히 바라보다가 서로 마주보며 웃음을 터뜨렸다.

*

 "내 실수도 내 실수가 아닌 것처럼 보여야 해요. 석주씨는 얼굴에 너무 티가 나서 걱정이에요."
 팀장이 내게 그랬다. 나는 그 카톡을 읽고 또 읽어도 내용을 온전히 이해할 수 없었다. 내 실수가 내 실수가 아니면 또다른 누군가의 실수가 되는 것 아닌가. 일은 벌어졌는데 모른 척하는 이들만 있다면 그것만큼 웃긴 광경도 없을 거였다. 내가 일으킨 문제에 대해 먼저 귀띔을 해준 이는 허대리였다. 강사 하나가 컴플레인을 제기했다나봐. 담당자가 너무 예민하다고. 페미 같다나 뭐라나. 나는 억울했다. 허대리님. 페미 같은 게 도대체 뭔데요? 이번에도 허대리는 고개를 저었지만, 조그맣게 속삭였다. 몰라요. 근데 그렇게 보일 수도 있을 것 같아요.
 어쩌면 손쓸 수 없는 상황을 일부러 만들고 싶었는지도 모른다. 문제가 될 걸 아예 모르진 않았으니까. 그러나 왜? 내가 왜 나에게 손쓸 수 없는 상황을? 그건 늘 손쓸 수 있는 선까지만 일을 저질러버리는 나의 졸렬함에 대한 일종의 반항이었던 것 같다. 그렇게 나는 회사에서 잘렸다. 이번에 검수를 맡은 경영학 강좌 중 생산운영관리 및 조직관리 파트 삼분의 일가

량을 삭제해야 한다고 강사에게 메일을 보냈기 때문이었다. 나는 문제되는 발언에 일일이 메모를 작성해서 상세한 피드백을 전달했다. 성별에 따라 의사 결정 과정이 명확하게 달라지기는 어렵습니다. 성별의 차이가 육십오 세 이후부터 사라진다는 것은 비논리적입니다. 문제를 과도하게 심사숙고하는 성향은 상황과 개인적 맥락에 따라 다른 것일 수 있습니다.

학원에서 수학 강사로 일하는 맹지는 일하는 시간 빼고 낮이든 밤이든 나랑 놀아주었다. 해고 통보를 받은 이후 집에만 있으며 외로워하는 나를 위해 며칠간 내 집에서 먹고 자며 루미큐브를 해주었다. 숫자 맞추기에 쥐약인 나는 루미큐브를 할 때면 한동안 끙끙거리며 이리저리 숫자 퍼즐을 맞추다가 금세 포기해버렸다. 원래대로 되돌려놓을 수 없을 만큼 망가진 숫자판을 맹지는 잘도 돌려놓았다. 맹지는 숫자판을 돌려놓은 후에 나에게 말했다. 석주야, 사진을 찍어. 그렇게 나는 되돌릴 수 없을 것 같을 때면 사진을 찍어두었다.

그러던 어느 날, 우리는 여느 때처럼 나란히 산책로를 걷고 있었고 저멀리 우뚝 서 있는 철봉을 본 맹지는 나에게 철봉을 해보자고 권했다.

"철봉 아저씨처럼 해보는 거야."

나와 맹지는 각자 철봉 앞에 달려가 누가 먼저랄 것도 없이 매달렸다가 한참을 끙끙거렸고 도저히 안 될 것 같아 내려왔다. 지나가던 어떤 남자가 맹지에게 물었다. 도와드릴까요? 맹지는 괜찮다고 말하며 남자를 향해 웃어 보였다. 나는 그런 맹지를 눈으로 흘겼다. 그리고 맹지 앞의 철봉 밑에 쭈그려앉았다.

"타."

"어깨에?"

내가 말없이 고개를 끄덕이자 잠시 고민하던 맹지는 다리 두 짝을 내 양어깨에 걸쳤다. 나름 묵직한 무게가 실렸지만, 그런대로 일어날 수 있을 것 같았다. 조금씩 몸을 일으켰다. 나와 맹지 둘 다 키가 작아서 그런지 맹지의 어깨가 철봉에 알맞게 닿았다. 맹지는 두 손으로 철봉을 잡고 끙, 힘을 주었다. 그러고는 힘겨운 목소리로 말했다. 석주, 나 성공했어.

"더 해봐."

"내려줘. 죽을 것 같아."

"남자도 있는데 뭘 죽어. 한번 더."

"쓰레기라며."

작은 목소리로 힘겹게 중얼거리는 맹지의 목소리가 어쩐지 얄밉게만 들렸다. 그러니까. 알면서 그러는 거야? 내가 몇 번을 말했는데. 나는 여전히 어깨에 맹지를 태운 채로 철봉에 매달려 있는 맹지에게 소리쳤다.

"왜 쓰레기 없이 살 생각은 안 하냐고. 노력 좀 해. 주워서 가져다 버리라고. 나도 충분히 너한테 잘해줄 수 있는데 왜 나 없으면 살 수 있고 쓰레기 없으면 못 살아? 내가 쓰레기같이 굴어줘? 그러면 나 없으면 못 살 거야?"

간신히 매달려 있던 맹지가 떨리는 목소리로 대답했다. 일단 내려줘.

*

전 애인, 그러니까 형석에게 빌려준 돈을 받아낸 것은 헤어지고 삼 년이 지난 후였다. 돈을 받아내지 않고는 정말이지 살 수가 없을 것 같았다. 빌려준 돈이라고 하기에도 뭣한 돈이었다. 이를테면, 그가 내기로 한 돈이었다. 나는 임신 중단 수술을 받았고, 수술비는 그가 부담하는 것으로 합의했다. 그렇게라도 그에게 책임을 지우고 싶었다. 나에게 평생 잊히지 않을 수도 있는 것이 그에게는 단숨에 잊힐까 두려웠다. 한때 나는 이런 생각이 찌그러진 마음에서 비롯된다고 생각했다. 하지만 문제는 다른 데 있었다. 그의 마음이 전혀 찌그러지지 않은 채로 온전한 것. 그것이 문제였다. 석주야, 마땅한 기회를 줘서 고마워. 삼 년이 지나 형석은 정말 그렇게 말했다. 그리고 돈을 내어주었다. 삼 년 전에는 몇십만원이라는 돈이 그렇게나 큰 돈이었는데. 무사히 대기업에 취직한 형석에게는 이제 가뿐하게 내어줄 수 있는 돈이 되었다.

맹지가 철봉을 쥐고 있던 손을 풀었다. 그러자 맹지의 무게가 급작스럽게 내 어깨에 온전히 실렸다. 나는 소리를 지르며 주저앉았다. 맹지가 잠시 숨을 몰아쉬다가 바닥에 주저앉아 있는 나를 쏘아보며 말했다.

"너는 그렇게 잘났어? 그래서 아무나 막 대충 앱으로 만나고 차단해?"

"최소한 사람 때문에 고생하진 않잖아."

"그럼 너 때문에 고생하는 사람들은?"

"걔넨 고생 안 해."

"그걸 네가 어떻게 아는데. 쓰레기를 만나거나 쓰레기가 되거나. 둘 중 하나밖에 선택지가 없는 거니?"

나는 할말을 잃고야 말았다. 맹지가 그런 말을 할 거라곤 생각하지 못했다. 머릿속에서 날카롭고 모난 말들이 마구잡이로 뒤섞였다. 나는 언제나 싸울 때 그런 말들을 했다. 네가 그렇게 잘났냐? 존나 어이없어. 씨발, 꺼져, 제발.

루미큐브를 할 때처럼 사진을 찍어놓을 수 있으면 좋을 텐데. 차근차근 되돌릴 수 있도록. 예상대로 나는 맹지에게 모욕적인 말들을 퍼부었다. 최대한 상처가 될 말을 집요하게 골라내어 뱉어냈다. 그때 캡을 쓴 철봉 아저씨가 우리를 흘긋 바라보고 지나쳤다. 맹지의 눈에 눈물이 고였다. 나쁜 년. 맹지가 한 말은 고작 그거였다. 그러고는 눈물을 훔치며 나를 지나쳐 산책로를 떠났다. 그렇게 나는 철봉 앞에 혼자 남겨졌다. 맹지가 쥔 철봉을 따라 쥐어보았다. 군데군데 칠이 벗어진 철봉은 차갑고 묵직하고 까끌거렸다. 맹지처럼은 안 산다. 나는 중얼거렸다.

그렇게 맹지와 연락하지 않는 채로 일주일이 흘렀다. 그날의 장면은 곱씹을수록 선명해졌다. 내가 했던 모든 말을 주워 담고 싶은 심정이었다. 결국 견딜 수 없는 마음에 맹지네 집에 찾아갔다. 전 남자친구 집도 이런 식으로 찾아갔다가 크게 욕을 먹었었다. 하지만 어쩔 수 없었다. 마음에 불편한 감정이 남아 있는 한 그것은 나를 이리저리 흔들어 엉망으로 만들어놓았으니까. 전 남자친구와는 달리 맹지는 순순히 문을 열어주었다. 다만 내 뒤에 놓인 커다란 캐리어를 빠르게 훑었다. 맹지와 함께 사는 고양이 베르가 고개만 빼꼼 내밀었다. 새끼 때부터 이상하게 그루밍을 하지 않아 지독한 냄새가 나는 고양이였다.

"나도 바를게."

"뭘?"

"물파스. 그리고 자격증을 딸 거야."

"무슨 자격증?"

"도배사 자격증."

그러자 맹지가 입을 커다랗게 벌리고 웃었다. 그게 무슨 소리야. 도배사라니. 너 미학과 나왔잖아. 그러더니 조용히 중얼거렸다. 하긴. 전공하고 얼추 맞긴 맞네. 나는 부러 뻔뻔한 표정으로 선언하듯 맹지에게 말했다.

"나는 눈 밑에 물파스를 바른 채 공부하고 기술을 배우면서도 너한테 화를 내지 않을 수 있어. 욕도 하지 않을 거야. 밥값도 네가 모조리 낼 필요 없어."

"도대체 왜 이러는 거야?"

맹지가 또다시 내 뒤에 놓인 캐리어를 훑으며 말했다. 미간이 살짝 좁아진 것 같기도 했다.

"우리 같이 살자."

그러자 맹지가 고개를 갸우뚱했다. 자격증을 딸 동안만. 나는 그렇게 말하며 멋대로 맹지의 집 현관으로 들어섰다. 베르가 하악질을 했다. 맹지의 집은 거실 하나, 방 두 개로 꽤 넓은 편이었다. 방 하나는 옷방으로 사용하고 있었다. 나는 옷방이 아닌 맹지의 방에 자리를 잡았다. 맹지가 그 모습을 팔짱을 낀 채 바라보고 있었다.

"이렇게까지 안 해도 돼."

"뭘?"

"되돌리려고 애쓰지 않아도 된다고."

맹지의 얼굴을 빤히 쳐다보았다. 형석이 했던 말이 떠올랐다. 마땅한 기회를 줘서 고마워. 나는 맹지의 손을 잡고 말했다. 나 도시락도 잘 싸.

*

내일배움카드 덕분에 실업자 자격으로 도배 학원에 무료로 다니게 되었다. 수업은 아침 아홉시부터 저녁 여섯시까지 이어졌고 지각하지 않으려면 아침 일찍 일어나야 했다. 물론 맹지의 도시락을 싸기 위해서. 처음 도시락을 받은 맹지는 얼떨떨하고 민망한 표정을 지었지만, 시간이 지날수록 자연스럽게 맛 평가를 들려주었다. 무 조림은 달큰하고 오이 피클은 삼삼해. 나는 그런 말을 듣는 게 좋았다. 맹지는 적어도 내 앞에서는 더이상 애인에 대한 이야기를 하지 않았다. 그리고 통화는 가급적 밖에서 했다. 눈치가 보이는지 빈도수도 줄었다. 매일 저녁 시간마다 밖으로 나가던 게 이틀에 한 번, 나흘에 한 번으로 줄었다. 나는 맹지가 도대체 애인과 무슨 이야기를 하는지 궁금했다.

나와 맹지는 저녁을 먹기 전 크로스핏을 했다. 맹지는 더이상 살을 빼기 위해서 크로스핏을 한다고 이야기하지 않았다. 크로스핏은 너무 운동 그 자체였던 것이다. 그렇게 우리는 체력을 길렀지만, 특별히 좋아지는 것도 없이 서로의 부드러운 팔뚝 살 위로 볼록 솟은 작은 근육을 자랑했다. 베르는 더이상 내게 하악질을 하지 않았다. 이불을 깔고 엎드려 있을 때면 허리께에 올라와 작은 발로 마사지를 해주기도 했다. 그런데 냄새는 정말 여전했다. 그루밍을 하지 않는 고양이라니. 아무리 생각해도 보통내기가 아니었다.

다른 사람들은 그래도 삶이 조금씩 나아지는 것 같았는데, 이상하게 내 삶은 좀처럼 나아지지 않았다. 몇몇 남자와 원나잇을 했고 늘 그랬듯 전혀 만족스럽지 않았는데도, 하지 않으면 견딜 수가 없었다. 그러니까 견딜 수 없는 마음이 제일 견딜 수 없었다. 나는 견딜 수 없는 마음을 또다른 못 견딜 마음으로 돌려 막고 있었다. 나는 살기 위해 내 삶을 궁지에 몰아넣었다.

도배기능사 자격증을 따려면 여러 감점 요소에 주의해서 시험을 치러야 했다. 광폭지의 무늬를 최대한 살렸는지, 재단을 정교하게 해서 방 구조에 마침맞게 발랐는지. 필기시험은 없고 실기만 있었는데, 나는 도면을 보는 게 익숙지 않아 자주 여러 형태의 도면을 둘러보며 어떻게 도배지를 바를지 고민해보곤 했다. 그날도 나는 맹지의 방에서 엎드려 도면을 살펴보고 있었고 옆에서는 베르가 배를 훌러덩 깐 채 자고 있었다. 맹지를 기다리는 평화로운 저녁이었다. 그런데 문자가 왔다. 몇 달 전 원나잇을 했던 남자였다. 자기 성기 사진을 보내왔다.

나는 가만 그 사진을 보았다. 싫지도 좋지도 않았다. 그런데 실망스러웠다. 나는 그 사람을 좋아하거나 사랑하지 않았기 때문에 많은 것을 바라지 않았다. 다만, 성기 사진을 보내는 사람은 아니길 바랐다. 맹지는 오늘 늦게 올 것이다. 눈 밑에 물파스를 바르며 공부하는 오랜 연인과 시간을 보내고 있을 것이다. 나는 정말이지, 견딜 수가 없어졌다. 맹지 방의 촌스러운 장미무늬 벽지가 눈에 들어왔다.

도배지는 도배지이다. 하지만 도배지를 벽에 붙이면 그건 벽지가 된다. 벽지를 구태여 도배지라고 부르지 않으니까. 그러면 그 벽지를 뜯어내면 그때부터 그것을 도배지라고 불러야 할까 벽지라고 불러야 할까. 나는 상황이 바뀔 때마다 내가 바뀐다고는 별로 생각해보지 않았는데, 돌이켜봤을 때 지금은 아주 다른 내가 되어 있었다. 심지어 전혀 마음에 들지 않는 쪽으로.

맹지 방에서 제일 너덜거리는 모서리 부분 벽지부터 찢어버렸다. 베르가 깜짝 놀라 도망갔다. 방에 들어오지 않고 저멀리서 내가 벽지를 뜯는 모양을 구경했다. 가구가 단출해서 옮길 것은 얼마 없었다. 그새 맹지에게서 메시지가 와 있었다. 새로 도배를 해도 되겠냐는 물음에 대한 대답이었다.

—절대로 건드리지 마.

싫어. 속으로 생각했다. 침범하고 싶어. 우리가 더 나아졌으면 좋겠어. 오지랖 부리고 싶어. 네가 싫대도 우리가 더 행복해질 수 있는 걸 하고 싶어. 벽지를 뜯은 후 지저분한 벽을 헤라로 밀어 정리하기 시작했다. 벌써 자정이 넘어 있었다. 그런데도 맹지는 오지 않았다. 애인이 붙잡고 있을 것이다. 맹지는 애인이 외롭다고 하면 안타까워하니까.

눈꺼풀이 무거웠다. 어제도 한숨도 자지 못했다. 아침 일찍 일어나 맹지의 도시락을 싸야 하는데 잠이 오지 않은 탓이었다. 나는 헤라로 벽을 밀다 말고 거실로 나갔다. 선반에 있는 구급함을 열어 물파스를 찾았다. 화장실에서 거울을 보며 톡톡 두드려가며 눈 밑에 물파스를 발랐다. 그런데 양 조절을 실패해 너무 많이 발라버렸다.

두 눈이 아려오기 시작하더니 견딜 수 없이 뜨거워졌다. 그 자리에 주저앉아 두 손을 동그랗게 모은 채 눈을 가렸다. 눈물이 줄줄 흘렀다. 울음도 나왔다. 일을 저질러버린 건 분명 나이지만, 그렇다고 이런 고통을 감수할 생각은 추호도 없었는데. 나는 왜인지 억울했다. 모든 게 억울해져 더 큰 소리로 울었다.

그때 맹지가 현관 비밀번호를 누르고 들어왔다. 그리고 제 방 꼴을 보더니 한숨을 쉰 다음 거실에 엎드려 울고 있는 나를 보고 소리를 질렀다. 고개를 들어 맹지를 봤다. 눈이 뜨끈한 게 부어오를 대로 부어오른 것 같았다. 콧물도 흘렀다. 꼴이 말이 아닐 것이었다. 맹지는 그런 나를 잠시간 바라보더니 물었다.

"물파스 발랐어?"

내가 고개를 끄덕이자마자 맹지는 어디론가 전화를 걸었다. 구급차를 부를 거라고 생각했는데, 그대로 악에 받쳐 소리를 질렀다.

"너 물파스 바른 거 구라지, 쌍놈 새끼야."

*

구급대원이 식염수를 내 눈에 흘려넣어주었다. 감지 마세요. 감지 마시라고요. 친절한 듯 신경질적인 구급대원의 목소리에 나는 파르르 눈꺼풀을 떨며 눈동자를 위로 치켜떴다. 구급차에서 내려 맹지의 부축을 받아 응급실 침대에 누워 기다렸다. 한참 후에 온 의사는 단호한 목소리로 물파스와 같은 화학약품이 눈에 들어가 알레르기 반응을 일으키면 실명으로 이어질 수 있다고 경고했다. 나는 그저 고개를 끄덕였다. 식염수로 다시 한번 눈을 씻어내고 안약을 넣은 뒤 왜인지는 모르겠지만 수액을 맞았다. 조금 건강해지는 느낌이었다. 맹지는 누워 있는 내 옆에 앉아 한숨을 내쉬고 혀를 차길 반복했다. 내가 물었다.

"일부러 그러는 거야?"

"응."

"도배지 사러 가자. 예쁜 걸로."

짐짓 쾌활한 척 내가 말하자 맹지가 허탈한 웃음을 흘렸다. 맹지는 내가 자기 방을 엉망으로 만들고 있을 거라는 예감에 당장 택시를 잡아탔다고 했다. 집으로 오는 내내 화가 치솟았고 결국에 다신 나를 보지 않을 작정까지 했다는 것이었다. 근데 네가 눈물을 흘리는 모습을 보니까 나도 눈물이 나는 거야. 나는 불쌍한 표정으로 고개를 끄덕거렸다. 그러자 맹지가 또 눈을 흘겼다.

"근데 물파스 바르는 거 진짜 또라이 같아."

"아무래도 그렇지?"

"응. 이제 알았으니까 그만해."

맹지가 그러면서 나를 안아주었다. 우리는 결국 새벽 세시가 되어서야 응급실을 나설 수 있었다. 맹지와 나는 집에 돌아와 씻고 누웠다. 엉망이 된 벽을 사방에 두고 누워 있으려니 마음이 불편했다. 맹지도 마찬가지였는지 나에게 물었다. 벽지 있냐. 나는 회심의 미소를 지으며 맹지에게 대답했다. 벽지가 아니라 도배지. 도배지는 사야 해. 대신 초배지가 있어.

맹지가 그 둘의 차이가 뭐냐고 물었다. 도배지를 바르기 전에 초배지를 바르는 거야. 왜 도배지를 바르기 전에 초배지를 바르냐고 묻기에 초배지를 바르지 않으면 시멘트 벽에 도배지가 붙지 않는다고 알려주었다. 그러니까 벽지란 도배지와 초배지가 함께 벽에 붙은 거네. 맹지가 말했다. 똑똑한 맹지.

해가 뜨고 있었다. 우리는 줄자를 이용해 방 구조를 실측하고 도면을 그렸다. 그리고 초배지를 신중하게 재단했다. 나는 숨을 참아가며 초배지를 잘랐고 맹지는 손 떨림이 있는 나를 도와 초배지를 잡아주었다. 처음에 맹지는 자기도 해보겠다며 초배지를 가로로 붙였다. 나는 부러 짜증을 내며 그것을 떼어냈다. 오늘 내내 신경질만 내던 맹지에 대한 소심한 복수였다. 초배지를 붙이는 동안 맹지는 종종 멀찍이 떨어져서 깔끔해진 벽면을 구경했다. 다 붙인 뒤에 우리는 그런대로 새집 같다며 좋아했다. 벽에서 떨어진 잔해, 먼지, 칼 같은 것들이 방바닥에 뒹굴고 있었다. 난장판이 된 방을 보니 허기가 졌다.

*

24시 콩나물 해장국집에서 해장국을 먹었다. 내가 수란을 바로 해장국에 넣어 풀자 맹지가 질색을 했다. 수란 하나를 더 시킨 맹지는 내게 수란 먹는 방법을 하나 더 알려주었다. 맹지를 따라 수란이 담긴 그릇에 김 가루를 넣고 국물을 조금 덜어서 섞은 뒤 맛을 보았다. 그렇게 먹으니까 정말 고소하고 맛있었다. 그런데 맹지가 갑자기 해장국을 먹다 말고 울음을 터뜨렸다. 왜 울어? 내가 묻자 젓가락으로 내 뒷벽을 가리켰다. 바다를 배경으로 찍은 갈색 푸들의 독사진이었다. 액자에는 파스텔로 그린 초상화도 함께 끼워져 있었다. 내가 다시 물었다. 왜 울어? 바다 앞에서 찍은 게 너무 마음이 아파. 맹지는 그렇게 말했고 나는 눈살을 찌푸렸다. 살아 있을 수도 있어. 나와 맹지는 해장국집 주인에게 넌지시 푸들의 근황을 물어보려 했지만, 그러지 못했다. 둘 다 그럴 수 없었다. 밥을 먹었는데도 이상하게 잠이 오지 않았다. 그래서 안산을 산책하기로 했다.

안산 자락에 올라서 이번엔 내가 먼저 제안했다. 철봉 하자. 맹지가 흔쾌히 고개를 끄덕였다. 나도 내가 갑자기 왜 눈에 물파스를 발랐는지 모르겠어. 그냥 견딜 수 없는 기분이 들었어. 그런 기분 알아? 온 세상이 나를 은근히 따돌리는 느낌 같은 거. 자연스레 내 어깨 위에 올라타는 맹지에게 말했다. 맹지는 조금 시큰둥하게 대답하며 딴소리를 했다.

"글쎄다. 근데 우리 조금 세진 것 같지 않아?"

맹지는 그렇게 물으며 웃었지만, 나는 웃지 않았다. 그런 것 같기도 했다. 대답은 하지 않았다. 맹지는 가슴을 철봉에 붙이고 떼기를 반복하면서 하나, 두울, 세엣, 숫자를 셌다. 맹지는 정말 그새 힘이 세졌다. 세 개까지 턱걸이를 한 맹지가 내려달라며 엉덩이를 들썩거렸다. 나는 조심스럽게 주저앉았다. 이제는 내 차례였다. 나는 맹지의 어깨에 올라타지 않고서도 턱걸이를 무려 두 개나 했다. 금세 머리카락 사이사이 땀이 솟는 것이 느껴졌다.

"너는 나한테 진짜 잘해줘. 눈 밑에 물파스를 바르고 공부를 하고 기술을 배우면서 정말 나한테 화를 내지 않고 욕도 하지 않았어. 심지어 도시락도 싸줬지. 방도 꾸며주고."

그렇게 말하는 맹지는 천연덕스럽게 보였다. 그때 저멀리서 선글라스를 낀 철봉 아저씨가 또 걸어왔다. 이제는 슬슬 지겨웠다. 어떻게 맨날 우리가 볼 때마다 산책을 하고 있을까. 아저씨의 직업이 궁금했다. 우리는 서로 눈빛을 교환했다. 그는 그때처럼 철봉으로 향했다. 그러고는 예의 그 놀라운 묘기를 보여주었다. 하지만 나와 맹지는 지금 그게 중요한 게 아니었다.

"근데 넌 지금 혼자 있고 싶지 않을 뿐이야."

맹지가 조용히 말했다.

"아니야."

"그럼?"

내가 아무 말도 하지 못하자 맹지가 덧붙였다. 너는 너를 돌봐야 해. 좀처럼 항변할 수 없었다. 사실이기 때문이었다. 나를 돌보려면 나를 돌아보아야 하는데, 나는 나를 돌아보는 데 미숙했다. 일은 졸렬하게 하지만, 누군가를 좋아할 때는 손쓸 수 없을 만큼 좋아했다. 사랑에 있어서는 늘 나를 함부로 대하고 선을 넘어버렸다.

바람이 불어왔다. 안산 자락에는 더운 공기와 시원한 공기가 절묘하게 교차하는 지점이 있었다. 그곳이 바로 이 철봉 앞이었다. 양다리를 쭉 벌리고 있으면 오른쪽 공기는 시원하고 왼쪽 공기는 더웠다. 그런데 그 공기가 한데 섞여 불어오는 순간이 있었다. 바로 지금, 이 순간이었다. 은은하고 시원한 바람이 나와 맹지 사이를 부드럽게 갈랐다.

"미안해."

맹지가 내 눈을 애써 피한 채로 말했다. 나는 천천히 고개를 끄덕이며 철봉 아저씨가 열심히 철봉 하는 모양을 바라보았다. 그래도 나는 네가 좋아. 맹지가 아주 작은 목소리로 덧붙였다. 나는 맹지를 보며 활짝 웃었다. 이쪽은 덥고 저쪽은 시원하지만, 딱 이만큼은 미온한 곳. 관심을 받지 못한 아저씨가 시무룩해진 채 금방 떠났다. 마음속으로만 아저씨에게 박수를 보냈다. 이번엔 맹지가 먼저 제안했다. 우리 자신감 훈련 할까? 이른 아침이었고 안산 자락에는 맹지와 나밖에 없었다. 얼른 팔을 뻗은 채로 누가 먼저랄 것도 없이 훈련을 시작했다.

위수정

풍경과 사랑

아들이 처음 보는 아이를 집에 데리고 왔다.

*

 남편이 제주도 건축 현장에 내려간 지 이 주가 되어가고 있었다. 지방에 길게 출장을 다녀도 주말은 웬만해선 집에서 보내는 사람이었다. 그런데 지난주에 이어 이번주에도 올라오지 못한다는 연락을 해왔다. 지난번에는 클라이언트가 급히 도면 수정을 요구해서였다고 했고, 이번에는 폭설로 비행기가 뜨지 못한다고 했다. 어마어마해. 와, 이런 눈은 또 처음 본다.
 좋아?

어? ······좋기는, 뭐.

남편은 이런 사람이다. 감정이 말투에서 그대로 묻어나는데 막상 좋은가 물으면 좋다고 쉽게 대답하지 못하는 사람. 내가 함께하지 못할 때에 특히 그랬고 나는 그런 식의 대답이 좋았다. 그래서 여전히 남편에게 종종 물었다. 좋아? 재밌어?

*

엄마, 얘는 연호.

민준의 옆에 서 있는 아이는 그 또래 아이들이 하듯 고개 숙여 인사하는 대신 나를 똑바로 바라보며 안녕하세요, 하고는 웃었다. 그 얼굴을 보고 환한 웃음이라는 건 저런 걸 말하는 거구나, 생각했다. 순한 눈동자와 추위로 발갛게 상기된 피부.

민준과 같은 고등학교 교복을 입고 있었지만 키는 민준보다 오 센티 정도는 커 보였다. 내가 전에 말했는데. 왜, 하와이에서 전학 온.

아, 그래. 네가 연호구나.

하와이라는 말을 듣자마자 나는 연호라는 이름을 기억해냈다. 연호는 두 달 전쯤 전학을 왔다. 얼굴은 몰랐지만 연호는 반 엄마들 사이에서 이미 유명했다. 연호의 엄마는 90년대에 잠깐 활동하다 사라진 배우 주수진이었다. 그녀는 청순한 이미지의 배우들 사이에서 시원한 이목구비와 특유의 퇴폐미로 단번에 주목을 받았다. 그러나 드라마 두세 편과 영화 한 편을 끝으로 돌연 자취를 감추었다. 유부남 재벌과 스캔들이 있었는데, 그런 종류의 스캔들이 그러하듯 진위 여부는 확실히 밝혀지지 않았으나 아무도 그 말이 완전한 허위라고 생각하는 것 같지 않았다.

연호 아빠가 ○○그룹 회장이 맞다고 울 남편이 그랬어요. 정말? 난 △△건설로 들었는데. 어쩐지 좀 닮은 듯. 하와이에 호텔 하나 줬다잖아. 그러면 뭐해, 세컨든데. 애만 불쌍하지. 그리고 이어지는 이모티콘들…… 상위권 아이들의 엄마 몇몇이 따로 모인 채팅방에서는 늘 그 모자가 화제였다. 보고만 있기 뭣해서 나도 우는 모양의 이모티콘을 하나 남겼다. 그후로도 동네 카페에서 그녀를 봤는데 얼굴이 어딘가 달라졌더라는 이야기, 연호가 어느 학원에 등록했다는 소식 등등이 계속 업데이트되었다. 단체 채팅방에서는 말을 많이 섞지 않는 편이 정신 건강에 좋다는 것을 나는 오래전에 터득했다. 그러나 아무런 반응을 보이지 않으면 그 역시 경계 대상이 되기에, 강한 주장 없는 적당히 무난한 대답과 귀여운 이모티콘을 활용했다. 민준은 반장인데다 성적도 톱이라 엄마들은 종종 내게 학원 정보를 물었고 나는 언제나 거리낌없이 대답해주었다. 그 점만으로도 나는 '좋은 사람'으로 분류될 것이었다. 그러나 말이 길어지면, 그게 무슨 말이든, 트집을 잡는 이가 생길 거라는 것을 알았다. 민준의 성적이 뛰어나니까, 남편이 신진 건축 대상을 받은 적이 있는 설계사니까. 게다가 나는 일찍 결혼해서 엄마들 중에서도 어린 편에 속했다. 엄마들 간의 신경전은 민준의 유치원 시절부터 충분히 겪었다. 그러니까 나는 튀지 않는 쪽으로. 뭘 잘 모르는 엄마로. 가능하면 희미한 쪽으로.

엄마, 나 샌드위치 먹고 싶은데. 아보카도 넣은 거. 연호한테 맛있다고 자랑했거든.

민준은 연호를 포함한 친구들 몇몇과 저녁에 영화를 보러 가기로 했다며 내 눈치를 살폈다.

영화관은 좀 위험한데. 기말고사도 얼마 안 남지 않았어? 나는 은근히 눈을 흘기며 물었다.

어차피 떨어져서 앉잖아, 말도 안 하고. 이것만 딱 보고 열공할 거야. 그치? 민준은 연호에게 동의를 구했다. 연호는 씩 웃으며 나를 보았다. 그리고 민준을 향해 고개를 끄덕였다.

혹시 못 먹는 거 있니?

놉. 다 좋아해요. 배고파요.

연호는 이번에도 내게 시선을 맞추며 친근하게 말하고는 입고 있던 점퍼를 벗었다. 나는 부엌으로 향했고 둘은 농담을 주고받으며 방으로 들어갔다. 어려워하는 기색 없이 예전부터 알던 사람처럼 구는 모습에 피식 웃음이 났다. 재밌는 아이네.

냉장고에서 샌드위치 재료를 꺼냈다. 아보카도를 반으로 잘라 씨앗을 빼냈다. 부드러운 초록빛 과육이 유난히 예뻤다. 씨앗을 버리려다 손에 쥐어보았다. 단단하고 동그란 씨앗의 촉감. 부서져도 상관없다는 생각으로 꽉 쥐어보았다. 손을 폈을 때 예상대로 씨앗은 그대로였고 손바닥에는 동그란 자국이 남았다.

평소에 잘 쓰지 않는 접시를 꺼내 샌드위치를 플레이팅했다. 머스캣도 곁들였다. 아이들이 샌드위치를 먹는 동안 나는 핫초콜릿을 만들었다. 우유와 생크림을 냄비에 넣고 끓이다 잘게 조각낸 다크초콜릿을 넣었다. 잠시 후 진한 초콜릿 향이 올라왔고 나는 흡족해졌다. 마시멜로도 올려줄까?

난 두 개. 민준의 말에 이어 연호는, 전 괜찮아요. 샌드위치 맛있어요. 굿.

연호는 샌드위치를 우물거리다 엄지손가락을 들어 보이며 틈틈이 감탄을 연발했다. 어눌한 한국말과 유창한 영어를 뒤섞어 말하는 모습에 웃음이 났다. 그만해, 미친놈아. 민준이 장난스럽게 연호의 팔을 쳤다. 엄마가 아보카도 못 먹게 해요. 블러드 아보카도라고. 블러드 아보카도? 블러드 다이아몬드라는 말은 들어봤으나 블러드 아보카도라는 말은 처음이었다. 멕시코에서 사람 죽이고 그러거든요. 아보카도 때문에.

그래? 왜? 나와 민준은 같은 표정으로 연호를 보았다. 연호는 어깨를 으쓱하고는 별일 아니라는 듯 말했다. 머니 문제겠죠? 멕시코 원래 그래요. 마피아 나라.

나는 아이들 앞에 따끈한 핫초콜릿을 놓아주었다. 그런데 연호는 한 모금 마시고는 짧게 기침을 했다. 쏘리. 저, 초콜릿은 안, 잘, 못 먹어요.

몰랐네. 미안해. 그럼 뭐 줄까? 콜라?

혹시 우유가 있어요?

아, 우유는 다 떨어졌는데.

괜찮아요. 콜라 좋아요.

주는 대로 먹어라. 우유는 니네 집 가서 찾고. 애냐?

민준은 어이없다는 듯 말했다. 나는 민준에게 그러지 말라는 눈짓을 보냈다. 마른 편인 민준에 비해 연호는 어깨가 넓었고 셔츠 밖으로 근육의 실루엣이 드러나 보였다. 나는 콜라를 꺼내어 컵에 따랐다. 연호는 운동했니?

배구 했대. 운동할 때 보면 거의 짐승 수준이야. 민준의 말에 연호는 짐승? 하며 민준을 때리는 시늉을 했다. 우리는 함께 웃었다. 연호의 앞에 콜라를 놓아주려고 컵을 든 손을 뻗었는데 연호가 손을 내밀었다. 그의 손이 따뜻해서 내 손이 차다는 것을 알았다. 손이 닿았을 때 연호가 나를 보는 것 같았지만 나는 모르는 척했다. '요즘 애들은 발육이 너무 좋아서 애들 같지가 않아. 생각도 우리 때랑은 많이 다르지. 중학생만

돼도 벌써 여자친구랑……' 이런 말은 내가 한 말이 아닌데. 누가 그랬더라. 엄마들이었겠지. 나도 한 번쯤 했던 말인가. 여러 번 들었던 건 분명한데.

아이들이 나간 후, 나는 연호가 한 모금 마시고 둔 핫초콜릿을 전자레인지에 데웠다. 그 잔을 그대로 들고 컴퓨터 앞에 앉아 주수진을 검색해보았다. 동명의 유명 아이돌 사진이 화면을 채웠다. 내가 찾는 주수진은 스크롤을 한참 내리고 나서야 찾을 수 있었다. 그녀는 다른 배우들과 달리 활짝 웃는 사진이 많이 없었다. 붉은 입술에 긴 파마머리. 가슴까지 파인 셔츠. 그런데 사진을 쭉 보다가 포니테일을 하고 귀여운 오버올을 입은 모습으로 밝게 웃는 모습이 눈에 띄었다. 데뷔 초의 사진 같았다. 웃고 있는 어린 주수진의 눈매는 연호의 웃는 모습과 닮아 있었다. 더 자세히 보려고 섬네일을 클릭했지만 기사는 삭제되어 볼 수 없었다. 몇 번 다시 시도해보았으나 결과는 같았다. 나는 계속해서 주수진의 사진과 기사들을 찾아보았다. 스캔들을 다룬 기사도 2005년이 끝이었다. 하와이에 거주하며 작년에 아들을 낳은 것으로, 연예계에 미련이, 스물여섯, 아이의 아버지는 밝혀진 바가, 재벌 유부남과의, 다른 루머들, 현재 삶에 만족…… 그녀는 나보다 두 살이 어렸다.

나는 이어서 내 이름을 검색해보았다. 같은 이름의 낯선 가수, 기자 등등을 지나 육 년 전 남편과 함께 인테리어 전문 잡지에 실렸던 사진이 떴다. '한옥 건축가의 자연주의 인테리어'라는 제목 아래 집 거실 소파에 남편과 내가 나란히 앉아 있었다. 사진 속의 우리는 지금보다 젊고 생기 있어 보였다. 조명판과 포토샵 덕도 있었지만 확실히 남편이나 나 지금보다 매끈한 얼굴이었다. 육 년 전이면 민준이 초등학교 5학년 때. 그렇게 생각하면 육 년은 짧은 시간이 아니었고 외모의 변화도 당연하게 여겨졌다. 남편은 브리오니의 블루 셔츠를 입었고 나는 미우미우 화이트 블라우스에 노란색 에르메스 트윌리를 두르고 있었다. 미술을 전공한 아내의 감각을 존중하죠. 캠퍼스 커플, 그녀는 대학원 시절 개인전을, 결혼과 동시에 부부에게는, 꼭 한옥에 살지 않더라도, 부부는 인터뷰 내내, 여백을 중요하게 생각합니다.

기사를 보고 있자니 인터뷰 당시 상황이 또렷하게 떠올랐다. 나는 촬영 이 주 전부터 인테리어와 청소에 열을 올렸다. 소품을 사러 백화점과 앤티크 숍을 열심히 돌아다녔고 촬영 당일 새벽에는 꽃 도매시장에도 다녀왔다. 숍에서 메이크업도 받았다. 최대한 자연스럽게 해주세요. 그리고 집에 와서는 저렇게 천연덕스럽게…… 새삼스레 얼굴이 달아올랐다. 당시에는 자랑스럽기까지 했는데. 나는 기사를 닫고 스크롤을 내렸다. 거의 이십 년 전의 그룹전 및 개인전 관련 섬네일 한두 개. 개인전을 열었던 갤러리의 관장은 나의 외삼촌이었다. 나는 인터넷 창을 닫고 시계를 보았다. 어느새 저녁이었다. 컴컴한 거실을 둘러보았다. 불을 켜야지, 생각만 하다가 한참 후에야 겨우 자리에서 일어섰다. 혼자 밥을 차려 먹다 남편 생각이 났다. 서울에는 눈이 오지 않았다. 낮에 통화할 때 남편의 목소리는 들떠 있었다. 엄청나게 눈이 온다고, 그런 눈은 처음 본다고. 그런데 왜 사진 한 장 보내지 않는 걸까? 남편은 종종 풍경 사진이나 공사 현장, 먹고 있는 음식 사진 따위를 보내곤 했는데. 나는 밥을 먹다 말고 휴대폰 화면을 열었다. 아직도 눈 많이 와? 한참이 지나도 남편은 답이 없었다. 나는 주방 정리를 한 뒤 욕조에 뜨거운 물을 받았다.

옷을 벗고 욕실 거울 앞에 섰다. 머리를 쓸어올리자 흰머리가 드문드문 눈에 띄었다. 팔뚝에는 보기 싫게 살이 올라 있었다. 그리고…… 갓 태어난 민준을 품에 안고 젖을 물릴 때에는 가슴 모양 따위 어찌되든 안중에도 없었다. 그때는 그랬다. 호르몬 때문이었을까? 그러니까, 그때 나는 정상이 아니었던 걸까? 그럼…… 지금은?

욕조 안으로 발을 넣는데 휴대폰이 울렸다. 남편이었다. 막상 전화가 오자 받고 싶지 않았다. 벨은 한참 울리다 끊겼다. 이어서 메시지 알림음이 들렸다. 미안, 아까 회의중이어서. 별일 없지? 나는 답을 하지 않고 욕조에 몸을 담갔다. 연호. 문득 그 아이의 이름이 떠올랐고 이어서 그 환한 웃음이, 매끈한 손가락과 단단한 어깨가. 문득이라고? 아니다. 나는 그 아이가 떠난 후 줄곧 같은 생각을 하고 있었다. 그 사실을 깨닫자 어이가 없었다. 고개를 절레절레 흔들었다. 자꾸 웃음이 났는데 어처구니가 없어서 그러는 것이라고 생각했다. 니가 돌았구나, 드디어. 혼잣말을 했고 욕실이라 목소리가 울렸다. 나는 입을 다물었다. 혼자인데도.

민준은 열시가 넘어 돌아왔다. 연호 어머니가 차로 데려다주셨어.

연호 엄마 봤겠네?

당연히 봤지. 왜?

예뻐?

응? 모르겠는데? 비슷해.

뭐가 비슷해?

뭐 그냥, 엄마랑 비슷하다고.

남편에게서 또다시 전화가 왔고 나는 침대에서 전화를 받았다. 눈이 많이 와서. 남편은 또 눈 타령이었다. 오늘 주수진 아들이 집에 왔었다?

누구 아들?

전에 말했잖아. 왜, 옛날에 그 연예인. ○○ 회장 내연녀.

아, 그 주수진. 그래? 민준이랑 친하대?

학원 같이 다니잖아. 나도 첨 봤네. 덩치가 좋아. 근데 한국

말도 잘 못하면서 할말은 다 하고, 좀 웃겨. 참, 자기 블러드 아보카도라는 말 들어봤어?

민준이는 잘 있지?

응? 잘 있지. 영화 보고 좀전에 들어왔거든. 주수진이 데려다줬대. 근데 주수진이랑 내가 비슷하대.

남편의 웃음소리가 들렸다. 어디가? 궁금하네. 나도 한번 보고 싶다.

자기가 왜 보냐? 집에는 언제 오는 건데? 수상해. 재미가 좋은가봐?

나보다 자기가 더 신난 거 같은데? 남편은 큰 소리로 웃었다. 주무세요, 민준 어머니.

조심해.

응? 뭘?

뭐긴 뭐야.

남편은 다음주 금요일 밤에 도착할 예정이라고 했다. 나는 침대에 누웠지만 잠이 오지 않았다. 남편의 지나치게 큰 웃음소리가 마음에 걸렸다.

*

주말 오후가 되었고 나는 염색을 하기 위해 미용실에 들렀다가 미용사가 권하는 펌까지 하기로 했다. 머리가 완성되기를 기다리는 동안 오랜만에 손톱 관리도 받았다. 어려 보이는 관리사는 내가 버건디 컬러를 고르자 겨울에는 역시 버건디라며 고객님처럼 흰 피부에는 더 잘 어울릴 거라고 싹싹하게 말했다. 여자는 매끈하고 탄력 있는 손으로 내 손을 잡았다. 아무것도 바르지 않은 손톱이 깔끔하게 정리되어 있었다. 네일아트 안 하시나봐요? 내가 묻자, 가끔 쉬어줘야 하거든요, 저도 진한 색 좋아하는데, 내 손에 크림을 바르며 대답했다. 그녀의 손이 내 손을 부드럽게 감쌌다. 이어서 간단하게 마사지를 해주었다. 여자의 손이 닿을 때마다 기분좋은 나른함이 퍼져나갔다. 관리사는 손톱에 크림을 바르고 큐티클을 떼어내기 시작했다. 나는 손을 맡긴 채, 일에 집중하고 있는 그녀를 바라보았다. 살짝 부푼 볼과 빛을 받아 솜털까지 보이는 매끄럽고 탄탄한 목선이 아름다웠다. 문득 내가 몇 살쯤으로 보이는지 묻고 싶었다. 대신 나는, 피부가 정말 좋네요, 부러워요, 그녀는 손에서 눈을 떼지 않은 채 쑥스러운 듯 웃었다. 제가요? 아닌데요. 감사합니다. 그러나 여자는 끝까지 내 외모에 대한 말은 하지 않았다.

엄마, 연호 오늘 우리집에서 자도 돼? 집으로 가는 길에 민준에게서 전화가 왔다. 갑자기?

애네 엄마가 어디 가셔서 집이 빈다고 나보고 자기 집에 가자는 걸……

 민준과 통화를 끝내기도 전에 나는 차를 돌려 근처 백화점으로 향했다. 백화점 외부에는 벌써 크리스마스트리가 화려한 불을 밝히며 서 있었다. 반짝이는 장식들을 보자 문득 캐럴이 듣고 싶어졌고 조금 설레기까지 했다. 나는 지하 식품 매장을 돌며 카트에 우유와 블루베리를 담았다. 아보카도는 들었다 다시 내려놓았다. 스테이크용 소고기와 샐러드용 채소, 트러플 오일까지 계산하고 베이커리에 들러 몽블랑과 카늘레도 샀다. 뭔가 자꾸 더 사고 싶었지만 시간이 부족해 바로 집으로 돌아왔다.

 음, 맛있는 냄새. 민준이 가방을 내려놓으며 말했다. 아이들에게 찬바람이 묻어 있었다. 패딩을 벗은 연호는 검은 트레이닝복 차림이었다. 연호는 저번처럼 내게 눈을 맞추고 인사했다. 어, 헤어스타일이. 그는 내 머리를 가리켰다. 예뻐요.

 아, 이 느끼한 놈. 민준이 웃으며 욕실로 향했다. 우리 이거 사왔는데. 연호가 비닐봉지를 식탁 위에 올렸다. 불닭볶음면, 핫바, 스누피가 그려진 고카페인 커피우유, 훈제 계란. 이런 거 좋아해? 내가 웃으며 물었다. 네, 특히 이거. 연호는 불닭볶음면을 들어 보였다. 나는 오일에 재워둔 스테이크가 떠올랐다. 레인지 위에서 단호박수프 끓는 냄새가 났다.

 주수진은 동물보호협회 사람들과 봉사활동을 하러 지방에

내려갔다고 했다. 엄마가 동물을 아끼시나보구나. 연호는 샐러드를 포크로 찍으며 말했다. 동물도 아끼고 골프도 아끼고.

우리 아빠도 골프 마니안데. 민준의 말에 나는 건성으로 고개를 끄덕였다. 연호는 트러플 소스가 입에 맞지 않는 듯했다. 새벽에 필드 나간다고 자고 오는 거예요. 자주 그래요. 연호는 묻지도 않은 말을 했고 순간 나는 그의 눈빛에 쓸쓸함이 스치는 것을 보았다. 운동하시면 좋지. 좋은 일도 하시고. 오븐에서 알림음이 울렸고 나는 스테이크를 꺼냈다. 민준은 오늘 무슨 날이냐며 호들갑을 떨었다. 엄마, 설마 얘 온다고 고기 구운 건 아니겠지? 민준의 장난기 섞인 말에 나는, 맞는데? 연호 온다고 한 건데, 하고 천연덕스럽게 대답한 후 슬쩍 연호의 표정을 살폈다. 연호가 웃었다. 민준이 뭐라 더 말하기 전에 나는 덧붙였다. 전에 사둔 거야. 엄마가 까먹고 있었어.

접시를 깔끔하게 비운 민준과 달리 연호의 음식은 잘 줄지 않았다. 맛이 별로니? 내가 묻자 아니요, 맛있어요, 답하면서도 연호는 포크로 스테이크 조각을 찔러 입에 넣고 오래 씹었다. 민준이 연호의 접시에 있는 스테이크를 한 점 찍어 먹었다. 배가 불렀냐? 엄마, 사실 연호가 운동할 때 고기를 너무 많이 먹어서 질렸대. 그래서 맨날 떡볶이, 라면 이런 것만 처먹, 아니 먹는다니깐. 연호는 반박하지 않았다. 핫, 스파이시, 그런 거 원래 좋아해요.

나는 아이들이 사온 컵라면 포장을 뜯고 물을 올렸다. 연호는 볶음면을, 나는 스테이크를, 식사를 일찌감치 마친 민준은 레모네이드를 앞에 두고 식탁에 다시 앉았다. 부드러운 안심에서 육즙이 흘러나왔지만 나는 맛을 제대로 느끼지 못했다. 자극적인 라면 냄새와 고기 냄새가 뒤섞여 식탁 위가 어지러웠다. 맛있냐? 아주 흡입을 하네. 아, 안 되겠다. 민준은 매운 소스 때문에 입술이 빨갛게 된 연호를 보다가 자기도 먹겠다며 자리에서 일어났다. 앉아. 나의 단호한 목소리에 둘이 동시에 나를 바라보았다. 내가 해줄게. 짐짓 밝은 목소리로 말하고 자리에서 일어나 커피포트에 다시 물을 올렸다. 싱크대에는 먹다 남은 스테이크가 버려져 있었다. 조리대 위에 수프와 샐러드도 남아 있었다. 아이들은 보기 싫은 뻘건 면을 잘도 먹어댔다. 식사를 마친 연호는 스누피가 그려진 우유팩을 열었다. 이거 대박. 연호는 새 우유 하나를 내게 내밀었다. 선물이에요.

식사를 마친 아이들은 방으로 들어갔고 나는 부엌 정리를 했다. 남은 음식을 보관할까 하다가 내키지 않아 모두 버렸다. 싱크대에 버려진 음식물이 꼴 보기 싫었다. 서둘러 식기세척기를 돌리고 식탁을 닦는데 연호가 손에 휴대폰을 든 채 방에서 나왔다. 저, 엄마가 좀 바꿔달라고. 나는 얼떨결에 휴대폰을 받고 다른 손으로는 급히 머리를 다듬었다. 화면 속에서 주수진이 나를 보고 있었다. 우리는 서로 어색하게 웃으며 인사를 나누었다. 주수진은, 연호를 재워줘서 고맙다, 다 큰 애가 굳이 거기를 가서, 진작에 연락을 한번 드렸어야 했는데, 그래도 덕분에 안심이 되고요, 등의 말을 했고 나는 뭐라고 했더라. 아니라고, 같은 반 친군데 당연하다고, 봉사활동도 하시고, 추운 날씨라고, 그런 말을 했겠지. 어느 순간 주수진이 연호를 찾았고 내가 고개를 돌리자 연호가 한 손으로 내 어깨를 잡고 몸을 바싹 붙여왔다. 비누 냄새가 섞인 체취가 났다. 우리는 함께 주수진을 보았다. 우리의 얼굴이 한 화면에 작게 떴다. 엄마, 이제 됐지? 연호가 말하는데 주수진의 옆에 낯선 남자 얼굴이 언뜻 보였다. 연호가 휴대폰을 쥐고 있는 내 손 위로 자신의 손을 포갰다. 나는 손을 빼며 얼버무리듯 인사하고 물러났다. 둘은 잠깐 영어로 통화를 했는데 연호는 무언가 불만이 있는 듯 대답만 겨우 하는 것 같았다. 나는 못 들은 척 몸을 돌려 그릇 정리를 했다. 전화를 끊은 연호가 내게 말했다. 엄마가 고맙대요. 저도 고마워요. 연호는 씩 웃어 보이고 방으로 들어갔다.

갑자기 단것이 먹고 싶어졌다. 냉장고에서 카늘레와 커피우유를 꺼냈다. 거실에 앉아 텔레비전 볼륨을 줄인 채 카늘레를 먹었다. 우유는 달고 진했다. 휴대폰을 열어보니 남편에게 전화가 와 있었다. 엄마들 채팅방에는 이번 기말고사 시험 범

위에 대한 불평과 새로 생긴 과탐 학원의 설명회 정보들이 올라와 있었다. 그 사이에서 나는 연호라는 이름을 발견했다. 연호 담배 피우다 걸렸대요. 학교서도 맨날 엎드려 잠만 잔다고. 주수진은 뭐하나 몰라. 나는 채팅창을 한참 보고만 있다가 과탐 학원 어떠냐고 궁금하지도 않은 질문을 남겼다. 엄마들의 답변이 이어졌고, 나는 또 우는 이모티콘을 남기고 화면을 닫았다.

연호는 갑자기 반에 들어와 물을 흐리고 있는 아이였다. 그리고 민준은 연호와 친해 보였다. 민준이 연호의 영향을 받을까? 모르는 일이기는 했으나 크게 걱정스럽지는 않았다. 민준은 너그러운 성격처럼 보이지만 사실 그렇지 않았다. 중학교 때부터 혼자 계획을 세워 빼놓지 않고 실천하려 하는 강박증 같은 것이 있었다. 민준을 싫어하는 아이들은 없었으나 절친도 딱히 없었다. 민준은 자신만의 바운더리가 명확했다. 내가 저랬거든, 신기하네. 남편은 싫지 않은 눈치였다. 나는 남편의 그 좁은 바운더리 안에 들어간 사람이었다. 아무에게나 쉽게 곁을 허락하지 않는 남편이 좋았고 그 안에서 나는 안락함을 느꼈다. 그러나 나는 간혹, 혹시 민준이 나를 닮은 것은 아닌가 걱정스러웠다. 남편은 딱 한 번 내게 그런 말을 한 적이 있다. 너랑 같이 있어도 너무 혼자인 기분이 들 때가 있어. 그때 나는 아마, 그건 당신 기분 탓이라고 했을 것이다. 누구나 때때로 외로움을 느낀다고. 나 역시 그렇다고. 그러나 사실은 속을 들킨 기분이었다.

방에 들어와 남편에게 전화를 걸었다. 남편은 진행중인 공사에 대해 말했고 클라이언트가 까다롭고 약간 사이코 같긴 하지만 작품 하나 또 나올 것 같다며 설렘을 드러냈다. 기분이 좋은가보네.

아니, 뭐. 딱히 나쁠 건 없다는 거지. 예산 걱정은 없어서.

오늘 주수진 아들 우리집에서 잔다.

그래? 준이랑 정말 친한가.

글쎄. 아직 모르지. 주수진이 전화를 했더라고. 화상 통화.

그랬어?

어떤 남자랑 있더라. 곧 애들 시험 기간인데, 골프 치러 갔다나봐. 말은 무슨 봉사활동이라는데.

좋네. 골프도 치고. 남쪽은 좀 따뜻하니깐.

그렇게 돌아다녀도 괜찮은가. 애가 불쌍해.

남 일에 신경쓰지 말자.

아니, 걔가 나한테 선물이라면서 커피우유를 줬어. 스누피 그려진 거 알아, 자기? 근데 고카페인이라더니 진짜 심장이 막 뛴다? 나 지금 손 떨려.

너 카페인에 약하잖아. 이 시간에 그걸 왜 먹어. 남편의 주위가 시끄러워졌다. 여자 목소리도 들린 것 같았다. 나 지금

회식이라.

　나는 전화를 끊었다. 주수진의 얼굴이 떠올랐다. 얼굴은 금방 알아보았지만 스타일은 화면으로 보던 것과 많이 달랐다. 거의 이십 년이 지났으니 당연한 건지도 몰랐다. 그러나 짧은 단발에 화장기 없는 얼굴은 고등학생 아들을 둔 엄마로는 보이지 않았다. 그녀의 옆에 있던 남자는 누구였을까? 연호는 아빠가 있다는 말은 하지 않았는데.

　밤 열두시가 넘어가는 시간까지도 잠이 오기는커녕 점점 말똥말똥해졌다. 나는 조용히 방을 나와 민준의 방문 앞에 서서 귀를 기울였다. 아무런 소리도 들리지 않았다. 따뜻한 허브티와 쿠키를 챙겨들고 민준의 방을 노크했다. 기척이 없어 조심스레 문을 열어보았다. 민준은 침대에 누워 자고 있었고 연호는 바닥에 기대어 이어폰을 낀 채 휴대폰을 보고 있었다. 연호는 나를 보더니 자리에서 일어나 조용히 나왔다. 민준이는 언제부터 잤어?

　음, 좀전에요. 갑자기 눕더라고요, 잔다고. 나는 아직 공부 중인 줄 알았다고, 잠자리를 미리 정해줬어야 했는데 미안하다고 했다. 아뇨, 괜찮아요. 이거, 먹어도 돼요? 연호가 허브티를 가리켰다. 우리는 거실 소파로 와서 앉았다. 아까 그 스누피 마셨더니 정말 잠이 안 오네. 연호가 웃었다. 난 원래 늦게 자요. 밤에 하와이 친구들이랑 톡 하느라. 그런데…… 저

건 트웜블리예요?

 연호가 거실 구석의 그림을 보고 물었다. 나는 연호의 입에서 트웜블리라는 말이 나와서 내심 놀랐다. 아니, 저건 옛날에 내가 그린 거. 그런데 트웜블리를 아는구나. 나는 대학 때 트웜블리를 좋아했다. 그러나 그림을 그만둔 것도 어쩌면 트웜블리 때문인지도 몰랐다. 누구나 내 그림을 보고 트웜블리를 떠올렸다. 아류라든가 거의 표절이라든가. 그걸 뛰어넘었어야 했는데. 영향을 받은 것, 계보를 잇는 것과 아류 사이에 뭐가 있는 건지 나는 이해하지 못했다. 어쩌면 내게는 그를 뛰어넘어 새로운 뭔가를 이루고 싶은 마음이 없었는지도 모르겠다. 모든 사람이 야망에 넘치는 건 아니니까……

 연호 역시 트웜블리를 좋아한다고 했다. 내가 미술을 전공했다는 걸 알자 눈을 빛내며 반가워했다. 방학하면 다시 하려고요, 그림. 대학은 한국에서 가려고? 음, 잘 모르겠어요. 엄마는 이제 여기서 살 거래요…… 남자친구랑. 아까 휴대폰 화면으로 잠깐 보았던 남자가 떠올랐다. 그렇구나. 연호가 미술을 좋아하는구나. 창밖으로 맞은편 아파트의 불빛들이 보였다. 거실에는 스탠드 하나만 켜져 있었고 우리가 말을 멈추자 주위는 더 어둡고 고요하게 느껴졌다. 자정이 넘은 시각에 연호와 둘이 거실에 앉아서 이야기를 나누고 있다는 사실이 낯설었다. 낯설고 이상한 감정. 적절하지 않다는 걸 알면서도 이

시간이 영원히 지속되길 바라는 순간이 있다. 이런 기분을 전에도 느껴본 적이 있는데. 그게 언제였더라.

연호와 이야기를 나누다 나는 몇 가지 사실을 알아냈다. 연호의 친부는 사람들이 말하는 그룹의 회장이 아니라 주수진의 초등학교 동창이라는 것. 그러나 주수진은 그가 아닌 하와이의 한 사업가와 결혼했으며 현재는 이혼하고 다른 남자친구가 있다는 것. 하와이에 호텔이 있기는 하지만 주수진의 친정 쪽 사업이라는 것. 그리고 연호는 학교를 일 년 늦게 들어가 지금 열여덟 살이라고 했다. 한국 나이로는 열아홉. 연호가 민준보다 한 살 많다는 사실이 나는 왜 기뻤을까. 우리는 목소리를 낮추어 속삭이듯 대화를 이어갔다. 민준이 깨지 않기를 바라며. 우리는 서로 좋아하는 아티스트와 언젠가 보았던 인상적인 작품들에 대해 한참 이야기했다. 연호가 이렇게 똑똑한지 몰랐네.

애들은 내가 바본 줄 알아요. 한국말 잘 못하고. ……그러면 바보 같으니까.

그렇지는 않을 거야.

당신도 그렇게 생각했으면서.

그렇게 말하고 연호는 나를 조용히 응시했다. 연호의 오른쪽 눈은 왼쪽보다 조금 작았다. 묘한 비대칭을 이루는 얼굴. 순한 눈동자와 언뜻언뜻 비치는 그 안의 공허. 나는 왜 그걸 알아볼 수 있었을까. 나도 그래. 나도 사람들이 바본 줄 알거든.

그런데 아니잖아요, 바보. 연호의 얼굴에 미소가 번졌고 그 미소가 내게로도 옮겨왔다.

그런가? 사실, 잘 모르겠어. 나는 자리에서 일어났다. 어느새 두시가 가까워오고 있었다.

연호는 집에 돌아가서 자겠다고 했다. 손님방이 있다고, 너무 늦었다고 말렸지만 애초에 자고 갈 생각은 아니었다며 점퍼를 입었다. 현관에서 신발을 신고 나가려던 연호가 돌아보았다.

같이 갈래요?

나는 웃었고, 웃는 나를 연호는 웃지 않고 바라보았다. 내가 고개를 젓자 연호가 작게 말했다. 나는 무슨 말인지 알아듣지 못했다. 뭐라고? 그는 다시 천천히 말했다.

One to one correspondence. 그걸 한국말로 뭐라고 하죠?

연호가 떠난 후 나는 발코니로 가서 섰다. 그러나 곧 뒤로 물러났다. 아래를 내려다보고 싶은 만큼 나는 두려웠다. 연호가 올려다볼까봐. 나를 발견할까봐.

너, 담배 피운다고 하던데 정말이니? 그러면 되겠니. 엄마가 아시니? 이런 말들을 했어야 했을까? 나는 밤새 소파에 앉아 같은 생각을 반복했다. 연호의 체취를, 따뜻하고 커다란 손과 단단한 어깨를, 같이 갈래요, 하고 물을 때의 그 눈빛을. 홀로 돌아서는 뒷모습과 함께. 그를 따라갔다면 어땠을까. 혹시 내가 잘못 들은 건 아닐까? 그런데 연호는 나의 무엇을 알아본 것일까.

민준이 방문을 열고 나오다가 나를 보고 흠칫했다. 어우, 깜짝이야. 엄마 뭐해? 벌써 일어난 거야? 여섯시였고 해는 아직 뜨지 않아 어두웠다. 새벽 공부를 한다는 민준을 위해 나는 다시 부엌으로 갔다. 소고기죽을 끓여 민준을 불렀다. 그 자식 좀 이상해. '그 자식'이 연호를 말한다는 것을 알았으나 모르는 척 물었다. 누구? 누구긴, 이연호지. 왜? 나는 무심을 가장하여 물었다. 같이 공부하자더니 옆에서 아무것도 안 하고 멍때리고. 신경 쓰여서 그냥 자버렸어. 근데 언제 갔대? 나는 열두시쯤 갔다고 말했다. 그래도 친구를 옆에 두고 혼자 자는 건 좀 너무했다.

친구는 뭐, 담임이 신경써주라 그래서 몇 번 같이 다닌 거지. 귀찮아. 내년엔 절대 반장 안 해야지. 죽 맛있다. 엄마도 먹어요.

One to one correspondence. 일대일대응. 연호가 했던 말이었다. 나는 정오가 지나 잠이 들었고 일어났을 때에는 또 해가 지고 있었다. 일대일대응이 가능한 관계가 있을까? 나는 남편에게 메시지를 보냈다. 한참 뒤에 남편에게서 답이 왔다. 불가능. 그게 끝이었고 날이 지나도록 남편에게서는 연락이 없었다. 왜 그런 걸 묻냐고 남편이 물어보면 뭐라고 답하는 게 좋을지 생각하고 있었는데. 그러고 보니 남편은 내게 그런 종류의 질문을 잘 하지 않았다. 좋아? 재밌어? 나 없이도?

 달라진 것은 없었다. 나는 그저 채팅방을 좀더 열심히 확인했고 아파트 단지 내 편의점에 종종 들렀다. 불닭볶음면과 스누피 우유를 사서 혼자 먹어보기도 했다. 그리고 매일 산책을 나갔다. 일부러 마스크에 모자까지 쓰고 나갔지만 간혹 마주치는 엄마들은 언제나 나를 알아보았다. 그래서 나는 주로 늦은 밤에 나가서 연호가 사는 302동 뒤쪽의 공원을 구석구석 돌았다. 그리고 또다시 302동을 지나 집으로 돌아왔다. 민준은 다음주로 다가온 기말고사 준비로 학원과 독서실을 바쁘게 오갔다. 연호는 독서실 안 다니니? 지나가듯 물었는데 민준은 응, 하고 말았다. 하루는 충동적으로 차를 몰고 백화점에 갔다. 연호에게 어울릴 만한 셔츠를 사면서 나는 설렜다. 연호에게만 주면 이상할 테니 주수진을 위해 적당한 장갑도 하나 샀다. 그리고 남편과 민준의 옷도 골랐다. 마지막으로 화장품 매장에 들러 향이 좋은 보디 오일을 내 몫으로 하나 샀다. 집으로 돌아올 때에는 어떻게 선물을 전하는 게 자연스러울지 생각하다가 라디오에서 나오는 멜로디를 따라 흥얼거렸다. 처음 듣는 노래였다.

　주수진 부산으로 이사간다네요. 채팅방에 뜬 소식이었다. 애가 내년에 고3인데 생각이 있는 거냐, 어차피 특례입학이라 상관없다, 남자 따라 간다더라, 또 유부남인가, 학교 물 흐렸는데 전학 간다니 땡큐다 등등의 말들. 사정이 있겠죠. 나는 글을 올린 후 바로 후회했다. 삭제 버튼을 누를 새도 없이 사람들이 먼저 읽어버렸다. 채팅방은 금방 조용해졌다. 나는 우는 이모티콘을 보냈다. 아무도 답을 달지 않았다. 맞는 말 아닌가라는 생각보다 왜 참지 못했을까, 하는 마음이 더 컸다.

*

　남편은 조금 핼쑥해진 얼굴로 돌아왔다. 덥수룩한 머리칼 사이로 흰머리도 늘어 있었다. 남편은 내게 선물을 내밀었다. 로로피아나의 캐시미어 머플러. 미리 크리스마스 선물이라고 했다. 혼자서 고생 많았지? 남편은 웃는 얼굴로 내 표정을 살폈다. 이거 사올 정신이 있으면 이발이나 좀 하고 오지 그랬어. 머쓱해하는 남편과 함께 나는 미용실로 향했다. 남편은 굳이 함께 가자고, 오랜만에 보는데 좀 같이 다니자며 내 팔을 끌었다. 이발하고 같이 와인 보러 가자.

　미용실 입구에서 우리는 연호와 마주쳤다. 주수진은 카운터에서 계산중이었고 옆에 서 있던 연호가 우리를 발견했다. 안녕하세요. 연호는 우리 둘을 번갈아 보았다. 주수진은 패딩 점퍼에 에코백을 들고 있었다. 서로가 누구인지 확인한 후 우리는 호들갑을 떨며 고개를 숙였다. 미리 인사드렸어야 했는데, 아닙니다 저희가…… 이런 대화들. 예전에 팬이었어요. 남편이 주수진에게 손을 내밀었고 둘은 악수했다. 주수진은 휴대폰으로 본 것보다 더 수수했고 생각보다 체구가 작았다. 내가 기억하는 스크린 속의 그녀와는 완전히 다른 사람 같았다. 퇴폐미 같은 것은 찾아볼 수 없었고 웃을 때 인상이 선해 보였다. 연호는 멀뚱히 옆에 서 있었다. 나를 바라보지도 않았다. 아니, 내가 연호의 눈을 피했던가. 연호는 주수진과 같은 캔버스화를 신고 있었다. 엄마, 가자. 늦겠다. 연호가 주수진의 팔을 잡으며 말했다. 그래그래. 주수진이 연호의 머리를 쓸어넘겼고 연호는 가만히 손길을 받았다. 저희 애한테 얘기 많이 들었어요. 감사해요. 덩치만 컸지 애기예요. 우리는 또다시 고개를 숙이고 인사를 나누었다. 안녕히 가세요.

  남편이 머리를 자르는 동안 나는 소파에 앉아 잡지를 펼쳤다. 주수진과 함께 있던 조금 전의 연호는 내가 며칠간 수도 없이 떠올렸던 연호가 아니었다. 주수진은 연호에게 무슨 얘기를 많이 들었다는 걸까. 버건디 매니큐어가 벌써 군데군데 벗겨지기 시작해 보기 흉했다. 이걸 봤을까. 나는 내가 걸치고 있는 옷과 구두, 그리고 가방을 살폈다. 나는 언제부터 이런 차림이 자연스러워진 걸까.

주수진 팬이었어? 집으로 오는 길에 내가 물었다. 팬은 무슨, 예의상 하는 말이지. 야, 언제 적 주수진이야. 길에서 보면 못 알아보겠더라. 그냥 좀 예쁜 아줌마? 나는 남편의 말투가 거슬렸다. 왜, 수수하니 보기 좋던데. 사람들은 너무 함부로 말해. 잘 알지도 못하면서. 남편이 나를 바라보는 게 느껴졌지만 나는 앞만 보고 걸었다. 나도 이제 그냥 아무거나 입고 다닐까봐. 싼 거. 남는 돈으로 기부도 좀 하고.

당신 역시 순진해. 아까 주수진이 오데마피게 차고 있던 거 못 봤어? ……수수하기는.

나는 주수진의 비싼 시계보다, 남편이 그 짧은 순간에도 그걸 알아봤다는 게 더 실망스러웠다.

민준은 독서실에 가고 없었지만 혹시 몰라 현관에 보조 체인까지 채우고 우리는 옷을 벗었다. 침대에서 우리는 편견이 없는 편이었다. 우리는 침대에서 말하기를 좋아했다. 평소에는 쓰지 않는 말들. 우리만의 사적인 언어들. 밖에서는 결코 쓰지 않는, 의미의 잉여가 없는 단어와 어조들. 엎드려, 벌려봐, 박아줘, 뒤로, 개처럼, 더 깊게, 더 세게, 좆나 맛있어……우리는 평소의 우리를 잊었다. 일부러 더 저급하게 굴었고 그게 우리를 흥분시켰다. 어쩌면 섹스를 할 때에만 우리는 온전히 일대일대응이라 할 수 있는 관계가 되는 건지도 모르겠다. 오직 그 짧은 순간에만.

예전에 나는 남편에게 허벅지나 엉덩이, 팔뚝 같은 부위를 깨물어달라고 한 적이 있었다. 처음에는 장난처럼 시작했는데 점점 강도가 세져서 피멍이 들 정도가 되었다. 나는 고통의 깊이만큼 쾌감을 느꼈다. 처음에 어색해하던 남편도 나중에는 사람들이 왜 때리고 맞는 것에 흥분하는지 알 것 같다고 했다. 그러나 민준이 태어나고 자라면서 그런 것은 그만두었다. 멍이나 상처처럼 겉으로 티가 나는 행동은 하지 않기로 했다. 아이를 키우면서 어떤 것들은 참을 필요가 있다는 것을 깨달아갔다.

남편과 나는 거의 한 달 만에 함께 누웠다. 나는 금방 달아올랐지만 그건 남편의 테크닉 때문이 아니라 다른 사람을 떠올렸기 때문이었다. 죄책감도 들지 않았다. 절정에 다다랐을 때 나는 남편의 등을 손톱자국이 날 정도로 세게 끌어안았다. 사랑해. 나도 모르게 말을 내뱉고 아차 싶었지만 태연한 척 남편을 안고 숨을 골랐다. 우리는 다시 원래의 우리로 돌아왔다. 남편이 옆에 누워 나를 바라보았다. 왜?

자기가 오늘 좀 다른 거 같아서. 남편이 왜 그런 말을 하는지 알았지만 나는 모르는 척 딴소리를 했다. 너무 오랜만에 해서 그런가? 그리고 남편이 아까 내가 했던 말에 대해 물으면 뭐라고 대답할지 생각했다. 그런 말 듣기 싫어? 좀 오글거리나? 떨어져 있어서 많이 그리웠나봐. 그리고 남편에게 안기면 남편은 나의 등을 쓸어주며 미소 짓겠지. 그리고 우리는 함께 욕실로 가서 따뜻한 물로 서로를 씻겨주고…… 그러나 이번에도 남편은 묻지 않았다. 남편은 여전히 고요한 눈으로 나를 응시하고 있을 뿐이었다. 왜? 할말 있어? 물은 것은 또 나였고 남편은 내 볼을 쓰다듬었다. 아니, 괜찮아.

나는 작게 한숨을 쉬고 건조하게 물었다. 괜찮아? 뭐가 괜찮아? 말 한마디 없이 마치 나에 대해 다 안다는 듯 차분한 눈빛으로 보고만 있는 남편 때문에 나는 가슴이 꽉 막힌 것처럼 답답했다. 순간 나는 남편에게 사실을 말하고 싶어졌다. 솔직하고 싶은 욕망이 너무 커서 나중의 일 따위는 어찌되건 상관없다는 심정이었다. 나 할말이 있는데, 있잖아 내가……

순간, 남편이 내 손을 들어 자신의 입을 막았다. 나는 어리둥절했다. 내 입을 막은 것도 아닌데 말을 이을 수가 없었다. 남편이 장난스레 웃었다. 다음에, 응? 밥부터 먹자. 내가 만들게. 남편이 속삭였고 남편의 말이 닿은 내 손바닥이 가늘게 울렸다.

민준이 돌아왔을 때 우리는 따뜻하고 든든한 부모가 되어 단란하게 담소를 나누었다. 민준과 남편이 잠자리에 든 후에도 나는 홀로 깨어 있었다. 깊게 가라앉아 있던 감정의 덩어리들이 순간순간 명치께로 올라와서 나는 자꾸 한숨을 내쉬었다. 남편의 규칙적인 숨소리를 한참 듣고 있다가 가만히 일어나 거실로 나왔다. 시간은 세시를 넘어가고 있었다. 나는 손에 잡히는 대로 외투를 꺼내 입고 집밖으로 나왔다. 마스크도 휴대폰도 챙기지 않았다.

겨울의 밤은 매섭게 추웠다. 외투 안에는 파자마가 전부였고 양말도 신지 않아 발목에 차가운 바람이 날카롭게 감겨왔다. 나는 그제야 숨통이 트였다. 위를 올려다보니 그 시간까지도 불 켜진 집들이 눈에 들어왔다. 무얼 하고 있을까. 누구를 기다리는 걸까. 두서없는 생각을 하다 302동 앞에 멈췄다. 몇 개의 불빛들. 연호의 집이 몇층인지도 나는 몰랐다. 나는 걸음을 옮겨 공원으로 향했다. 얼굴과 목덜미를 찬바람이 쓸고 갈 때마다 피부가 아렸지만 오히려 속은 풀리는 것 같았다. 어느 순간부터 눈물이 조금씩 났는데 너무 추워서 그런 것 같기도 했다. 공원은 예상대로 텅 비어 있었다. 잔디는 이미 오래전에 얼어죽은 것처럼 보였고 나무들은 앙상하게 가지만 남겨둔 채 떨고 있었다. 나는 크게 숨을 들이쉬며 계속 걸었다. 저래도 봄이 되면 또 난리 나겠지. 나는 앙상한 나무들을 향해 혼잣말을 했다. 그 말이 마음에 들었다. 또 난리 나겠지. 우르르 살아나서…… 또 아름답겠지.

가로등 너머로 공중화장실 불빛이 보였다. 터덜터덜 걸어가다가 근처에서 누군가의 목소리를 들었다. 나는 깜짝 놀라 주위를 둘러보았다. 화장실 옆 벤치에 누군가 앉아 있었다. 순간 두려움이 밀려왔다. 심장이 쿵쿵거렸다. 빠르게 지나치려다 앉아 있는 사람이 여자라는 걸 알았다. 나는 조금 안심이 되었다. 여자는 허술하게 머리를 묶고 낡은 점퍼를 걸친 채 다리를 달달 떨고 있었다. 거리에서 생활하는 사람 같지는 않았으나 그렇다 해도 이상할 것 없는 차림이었다. 어쩌다 이 동네까지 왔는지 알 수 없었다. 언젠가 저런 여자를 본 적이 있었다. 창백한 얼굴로 허공을 향해 누군가와 끊임없이 대화하는 사람. 여자는 한 손에 소주병을 쥐고 다른 손은 주머니에 넣은 채였다. 그게 아니라니까, 씨발년 같은 소리 하고 있네 진짜, 아유 내가 지겨워서, 너네 둘이 해 처먹고 쌈 싸 먹고 토낀 거. 여자의 말들이 띄엄띄엄 들렸다. 혹시 내게 해코지를 하는 건 아닐까 두려웠다. 그러나 여자에게 나는 보이지 않는 것 같았다. 무사히 여자를 지나쳐 공원 입구에 다다랐을 때 나는 그녀가 궁금해졌다. 집으로 돌아가고 싶지 않았다. 나는 망설이다 결국 발길을 돌려 다시 그녀가 있는 곳으로 향했다.

여자는 여전히 그 자리에서 간혹 소주를 마시며 소리치기도 하고 웃기도 했다. 여자의 입에서 하얗게 입김이 나왔다. 나는 용기를 내어 좀더 가까이 다가갔다. 저기요. 저기요. 여자가 나를 힐끔 보고 금방 눈을 피했다. 예상과 달리 여자는 무슨 잘못을 저지른 사람처럼 주눅든 어조로 내게 빠른 속도로 말했다. 아니 그게 아니구요, 언니가 오해하시는 건데요, 그래서 좀 이해하셔야 하는 게요, 하는 두서없는 말들. 안 추워요? 나는 벤치로 다가가 가장자리에 조심스럽게 앉았다. 여자가 내 쪽으로 고개를 돌리자 술냄새가 물큰 풍겨왔다. 나는 숨을 멈추었다. 여자가 갑자기 돌변해서 공격할까봐 불안했다. 그러나 여자는 주춤 일어섰다가 곧 다시 앉았다. 그리고 또다시 혼잣말을 하기 시작했다. 지금이 섣달 아니야? 너 정신머리, 내 말이 맞지, 무궁화가 진짜 좆같은 게 뭐냐면, 이제 나도 없어 그 쌍놈의 새끼들이, 하는 이해할 수 없는 말들이 이어졌다. 나는 코트 소매로 코와 입을 감싸고 그녀의 시선이 머무르는 곳을 따라가보았다. 거기에는 아무것도 없었다. 여자는 무엇을 보고 있는 것일까? 누구와 대화를 나누는 것 같은데. 나는 한동안 그녀의 말을 들으며 가만히 앉아 있었다. 그녀의 이야기를 듣고 있으니 대화의 맥락이 조금 이해될 것 같기도 했다. 나도 말이 하고 싶어졌다. 그러나 쉽게 입이 떨어지지 않았다. 어느 순간 여자가 갑자기 깔깔대며 웃었다. 그러고는, 애기 엄마, 애기 엄마, 하고 나를 불렀다. 저요? 어떻게 아셨어요, 애기 엄만 거? 우리는 처음으로 눈을 맞추었다. 내가 반갑게 되묻자 여자는 의아한 눈으로 나를 보았다. 여자의 얼굴은 생각보다 젊어 보였다. 응? 저 뭐야, 애기 엄마도 들었죠? 저것들이 요렇게 수그리고 자꾸만 나한테…… 여자는 내가 이해할 수 없는 이야기를 마치 대단한 비밀을 들려주는 것처럼 조심스레 말했다. 나는 여자가 자신의 세계로 돌아갈까봐 조바심이 났다. 저, 말씀중에 죄송한데요, 조금만 천천히 얘기해주시겠어요?

일을 하러 가야 되거든요. 사실 내가 말도 못하게 바빠가지구. 그런데 정말 손바닥만했다?

제가 몇 살쯤으로 보여요?

응? 그거야 또…… 믿음, 소망…… 사랑 아니냐. 그중에 제일이 저거고, 그럼 제이, 제삼은……

여자는 결국 내 질문에 아랑곳하지 않고 다른 곳으로 시선을 돌리고는 계속해서 엉뚱한 소리를 늘어놓았다.

다리가 저려왔다. 손도 얼었고 무엇보다 못 견디게 귀가 쓰라렸다. 여자는 얼마나 추울까. 이 추위도 느끼지 못할 정도로 어디가 망가진 것일까. 나는 충동적으로 코트를 벗어 여자의 무릎을 덮었다. 이거 줄게요. 그리고 내 얘기도 좀 들어줘요. 나는 여자의 귀에 바짝 다가가 잠깐 동안 빠르게 속삭였다. 여자는 두려운 듯 몸을 움츠렸다. 나는 온몸이 덜덜 떨렸다. 말을 마치고 일어나 몇 발짝 떼었다가 여자를 돌아보았다. 여자는 코트를 뺏기기 싫은 듯 끌어당겨 손에 쥐었다. 나는 여자에게 단호하게 말했다. 아무한테도 말하면 안 돼요. 절대 안 돼요. 그리고 나는 손으로 내 입을 막았다. 여자는 멍하니 나를 바라보다 곧이어 알 수 없는 말들을 쏟아내기 시작했다. 내가 아니라 내 뒤의 허공을 바라보며.

이미상

그친구

매해 겨울, K대학 도서관 정문에는 '장기 연체자' 명단이 붙는다. 맨 밑에는 굵은 글씨로 "상기의 사람들은 책을 반납하지 않으면 졸업할 수 없음"이라고 적혀 있다. 구지경은 둘째 칸에 있고 연체 일수는 2558일.

책은 지경의 방 책장에 꽂혀 있다. 학교는 청구기호가 붙은 『사과나무 아래서 너를 낳으려 했다』와 연체료 십이만 칠천구백원이면 지경을 대졸 신분으로 만들어줄 것이다. 그러나 지경은 책등을 물끄러미 보다 등을 돌려 방을 나갈 뿐이다.

지경은 모임 중독자였다. 전국에 안 가본 모임이 없고 모임해본 사람치고 그녀를 모르는 이 없었다. 한때는 노닐던 모임이 스무 개가 넘었다('노닐다', 그때는 다들 이 표현을 썼다).

숲속에서 벌거벗고 시 낭송을 하고, 미군기지의 담을 넘고, 매일 밤 당뇨병에 걸린 길고양이를 추적해 인슐린을 주사하는 운동을 했다. 어디서나 두툼한 수첩에 코를 박고 겹쳐 쓴 약속 날짜들을 해독하는 그녀를 볼 수 있었다.

그녀는 여전히 모임 중독자다. 그러나 지금은 모임 하나에만 나간다. 한 영화 모임에만 나갈 수 있다.

그녀를 마지막으로 쫓아낸 곳은 어느 대학이었다. 폐쇄 명령을 받은 대학에서 그에 저항하는 점거 시위가 벌어졌다. 문 닫은 대학의 직원, 학생, 선생 들이 처음에는 점거 시위를 하다가 나중에는 그냥 대학에서 살아버리기로 했다. 사라진 대학 대신 존재하는 대학 건물을 요구하며 학교에서 출퇴근하고 화초를 가꾸고 조각상들과 함께 비둘기 똥을 맞으며 잠을 잤다. 지경도 한동안 그곳에 끼어 살았다.

눈이 내리는 새벽이었다고 전해진다. 외출하고 돌아온 지경은 건물 앞에 자신의 물건이 쌓여 있는 것을 발견했다. 쪽지가 떨어져 있나 찾아봤지만 그런 것은 없었다. 또 한번의 해명 없는 추방. 그것은 또 한번의 소명 기회 없는 추방이기도 했다. 지경은 차가운 돌계단에 곱게 접어 올려둔 옷가지 위로 조용히 눈이 쌓이는 걸 바라봤다. 나와보는 사람은 아무도 없었다……

정말 눈이 왔을까? 알 수 없는 일이다. 지경 이야기는 조심해서 읽어야 한다. 그녀의 이야기에는 자주 신비한 안개가 깔리고 낭만적인 눈보라가 휘몰아친다.

하지만 앞으로 나올 말은 분명히 들었다. 누군가 지경을 두고 말했다. "걔는 문진이 없어서 안 돼." 사실 누가 말했는지도 또렷이 기억나지만 여기는 그를 위한 자리가 아니며 그의 말 정도만 남겨도 충분하다.

"구지경이 여기저기 다니며 주워들은 게 오죽 많니. 얼핏 보면 뭘 좀 아는 것 같지. 뜯어보면 제대로 아는 게 하나도 없어. 머리에 지식이 알차게 쌓인 게 아니라 안남미처럼 쌓인 게지. 불면 바로 흩어져. 그런 건 다 헛거다. 하나를 알아도 똑바로 알아야지. 여러분도 고전을 읽어요. 고전이 문진이야. 앞으로 알아갈 것들을 묵직하게 눌러줄 문진. 그거 없으면 다 잡지식이고, 낱장이에요. 내 얼마나 안타까웠으면 물었을까. 지경아, 너 제이차세계대전이 언제 시작된 줄은 아니?"

지경이 그 자리에 있었다면 진심으로 웃었을 것이다. 웃고 나선 진지하게 물었을 것이다. '언제예요?' 이제 사람들이 웃을 차례고, 지경은 그 웃음에는 따라 웃지 않으리라.

*

규는 생각했다.

'누구를 조질 것인가.'

변기에 앉으면 산이 보였다.

'누구를, 어떻게 조질 것인가.'

규는 복수의 방식이 곧 자신이라고, 자신의 격과 윤리관을 드러내주는 것이라고 고지식하게 생각했다. 그리고 바로 그 고지식함 때문에 두 사람에게 농락당했다.

규와 남편 김은 영화 모임의 원년 멤버였다. 규는 NGO 간사, 김은 기자로 자녀의 이름은 보미나래와 한울, 순우리말로 지었으며, 섹스는 안 한 지 오래였고, 가사노동은 규가 조금 더 했다. 규가 남편의 핸드폰에서 남편과 지경의 섹스 동영상을 발견한 건 여름이었다. 지경의 표정을 보니 다행히 합의하에 촬영된 것 같았다.

달라진 건 없었다. 평소대로 일하고 저녁 차리고 애들 숙제를 봐줬다. 그러다 김이 술에 곯아떨어지면 음 소거를 하고 섹스 동영상을 봤고, 몸을 뒤척이면 화면을 끄고 숨을 죽였다. 반전으로 복수를 준비해둔 건 아니었고 어찌할 바를 모르면서 그저 둘의 섹스가 눈에 익기를, 고통에 담담해지기를 기다렸다. 그게 아니면 뭐. 싸우고, 이혼하고, 재산분할하고, 주말마다 상대의 집에 애들 라이딩해주고, 이따금 그래도 집에 남자가 있을 땐 이런 무시는 안 당했는데, 라는 생각이 드는 불 보듯 뻔한 일을 겪어나갈 에너지나 있나? 내일 발표할 PPT 자료 만들 여력도 없는데…… 그렇게 규는 현실감각과 현실도피가 섞인 괴로운 상태로 여름을 버텨내고 있었다.

여름이 끝나갈 무렵, 오지에게서 전화가 왔다.

"니들 쌀 다 떨어졌지?"

오지는 쌀 떨어질 때를 귀신같이 알았다.

"김형은 아직도 잡곡밥 못 먹고 흰쌀밥만 먹지?"

'못' 먹는 게 아니라 '안' 먹는 거지. 이 언닌 왜 아직도 그걸 뭉갤까. 규는 지겨워졌다.

규, 김, 오지. 세 사람은 야학 활동을 하다가 만났다(그때도 오지는 학강들에게 쌀을 잘 퍼주기로 유명했다). 90년대에 들어 운동이 깨지고 세 사람은 여러 학술, 문화 모임을 만들거나 참여했고 규와 김은 결혼했고 오지는 귀촌했다. 특별하다면 특별하고 전형이라면 전형인 행보였다. 오지는 매해 쌀과 고로쇠 수액을 보내왔다. 규는 싱크대에 고로쇠 수액을 흘려보내며 오지에게 감사의 전화를 걸곤 했다.

"올핸 안 오니?"

"갈 기분이 아니네."

매년 규는 바캉스의 열기가 한소끔 끓었다 꺼지는 8월 말이 되면 남편, 아이 다 떼놓고 혼자 오지의 집으로 갔다. 그것이 직장생활과 육아로 고생한 자신에게 주는 선물이었다. 오지의 집은 산속에 외따로 있었다. 오지의 말을 빌리자면, 어찌나 콕

박혀 있는지 콜라 한 병 사 먹으려면 차 타고 한 시간은 나가야 하는 곳. 규는 그 말을 들을 때마다 웃었다. 웃기는 일이었다. 과거에 콜라 싫어한 사람이야 쌔고 쌨지만 그중에서도 오지는 유난히 콜라를 미워했다. 규가 광복절에 영문자가 박힌 티셔츠를 입고 갔다가 오지에게 혼난 일도 있었다. 그런 오지에게 이제 콜라는 자신의 집이 얼마나 산간벽지에 있는지를 설명하기 위해 쓰였다. 미국의 상징에서 진부한 거리 단위로 강등된 것이다. 콜라는 해방됐다. 콜라도 해방됐다. 근데, 나는?

"올해 귀리 농사도 잘됐다만 형이 흰밥밖에 못 먹으니 그냥 백미 보낸다. 주소는 그대로지?"

오지는 김의 식습관밖에 몰랐다. 규는 폭발했다.

"그 개새끼 얘긴 하지도 마요."

"왜 그래. 뭔 일 있어?"

그길로 규는 오지의 집으로 갔다. 자다가도 불쑥불쑥 튀어나오는 남편과 지경의 섹스 장면 때문에 피폐해질 대로 피폐해진 터였다. 인간은 꼴도 보기 싫고 탁 트인 산이라도 봐야 살겠다 싶었다. 그래서 쪽지 한 장 안 남기고 핸드폰 끄고 잠적하듯 떠난 것이다.

"얘, 잘 왔다. 제대로 찾아왔어!"

사연을 들은 오지가 반가워하며 말했다.

"언니, 나 못 자."

오지가 건넨 베개를 마다하며 규가 말했다. 오지가 다시 한 번 규에게 베개를 안겼다.

"못 잔대두."

"나도 인생이 가장 처참했을 때 그걸로 목숨을 부지했다."

오지가 권한 건 베개 명상이었다. 베개에게 괴로운 일을 모두 고하고 마음에서 고통이 사라지면 베갯잇을 태운다고 했다. 태울 때 보면 베갯잇이 시커멓다고, 사람 고통이 옮겨붙어 아주 새까맣다고 했다. "나쁜 건 베개에게 다 주고, 너는 다 잊고 새로 태어나는 거다." 오지가 말했다.

둘이 물고, 빨고, 짖고, 까부는 꼴이 베개에 빠르게 흘러든다. 지경이 말한다.

"나는 자기 좆 빨 때……"

남편이 말한다.

"프로이트가 그랬지."

규는 베개에 기억을 낱낱이 투사했다. 남편과 지경은 후배위를 좋아했다. 규가 얼굴을 베개에 바짝 붙였다. 베개 주름에 기억이 우글우글 몰렸다. 온갖 기억이 격렬하게 꿈틀댔다. 규도 뒤로 하는 걸 좋아했다. 언젠가 남편이 말했다.

"니가 왜 뒤로 하는 걸 좋아하는지 아냐? 잘난 년이라 그래,

잘난 년이라……"
"그래봤자."
그때, 뒤에서 오지가 말했다.
"추방, 아니니?"

*

사람들은 지경에게도 이름이 있다는 사실에 충격을 받는다. 지경을 별명으로만 알던 사람들이 본명을 듣게 되면 경지도 아니고 지경? 너무 평범하네…… 하며 그 급작스러운 따분함에 당황한다. 이름이 생긴 그녀는 평범해지고 어느새 사람들 옆까지 내려와 있다. 사람들은 얼른 그녀를 올려보낸다. 지경의 별명—멸칭이라는 주장도 있었으나 지경 스스로 자신을 별명으로 부르기도 해 자연스레 그 주장은 들어갔다—은 추방. 모든 모임에서 추방당해 추방. 대한민국에서 모임에 발 담갔던 사람이라면 누구에게나 지경과의 추억이 있다. "추방이 거기도 있었어요?" 질문인 양 공모하며 사람들은 서로 인사를 튼다.

오지도 지경과 '찐한' 추억이 있었다(또하나의 상투어, "저도 추방과 찐한 추억이 있었더랬죠"). 늘 그랬듯 지경의 지각이 발단이 되었다. 지경은 언제나 늦었고, 늦는 것까지는 좋은

데 꼭 전화를 걸어 모임을 같이하는 남자 하나를 불러냈다.

"아니, 아니. 설명 들어도 몰라. 데리러 나오면 안 돼?"

어느 날, 남자와 시시덕대며 계단을 올라오는 지경을 오지가 입구에서부터 밀어냈다.

"내려가."

남자는 아차, 하는 표정으로 오지를 지나쳐 사무실로 들어갔다.

"언니, 미안요."

"너 여기 놀러 나와?"

"아니, 아니, 그게 아니라."

"여기가 네 놀이터야?"

"언닌 아니야?"

"됐고, 이것만 말해. 너 텍스트 읽어 왔어, 안 읽어 왔어?"

100퍼센트 승률. 지경은 읽어 오기로 한 것을 절대 읽어 오지 않는다(텍스트, 라는 단어도 쓰지 않는다. 맘놓고 쓰다가 개념 정의를 요구받은 뒤로). 그런 주제에 이리저리 의자를 치며 요란하게 등장해 나름의 진지함으로 부푼 논의를 한 방에 꺼뜨린다. "그 사람 소아성애자래요!" 밑도 끝도 없이 툭 던지는 한마디. 오지는 눈에 빤히 보이는 지경의 수법이 얄밉고 넌덜머리가 났다. 이론에 밝지 못한 사람이 어떻게든 대화에 껴보려고, 한몫 잡아보려고 하는 수작질. 대화를 세속으로 끌어내리고, 가십으로 처박고, 그러고 나면 분위기는 속절없이 뒤풀이 쪽으로 넘어갔다.

오지는 조롱당했다고 느꼈다.

오지가 교수였다면 달랐을까?

당시 오지는 유학 생활을 마치고 돌아와 시간강사를 하고 있었다. 몇 해째 교수 임용에 떨어져 신경이 곤두서 있을 때였다.

강사를 시작하던 마흔 살 무렵에는 전혀 초조하지 않았다. 그녀는 순진하지 않았고 학계의 물정도 알 만치 알았다. 그리고 다들 그랬다. "요샌 쉰이 마흔이고, 마흔이 서른이야. 옛날과 나이 감각이 완전히 달라. 마흔다섯엔 쇼부가 나겠지. 설마 쉰까지 보따리장사 하진 않겠지……" 힘이 되던 그 말이 점점 족쇄가 되었다. 그 말에 기댔을 때 이미 쉰 살의 시간강사라는 가능세계는 닫힌 셈이었다.

나이가 들수록 주변의 참견도 늘었다. 진작에 교수가 된 남자 동기들이 오지를 본명(최숙현)으로 부르며 말했다. "숙현아, 뱀 머리 해버릇하다간 영원히 뱀에서 못 벗어난다. 꼬리래도 용이 돼야지. 용에 붙어 있어야지." 한창 오지가 대학 밖에서 독자적으로 세미나를 꾸릴 때였다. 그녀는 대중서와 이론서의 중간쯤 되는 책으로 사람들과 공부했다. 오지가 책으로 머리를 긁으며 말했다. "나도 꼬리 되고 싶지. 꼬랑지라도 되고 싶은데 용들이 영 붙여주질 않네. 워낙, 응? 교수를 좇으로 들 하셔서." 남자들이 박장대소했다. "역시 최숙현, 못 당한다, 못 당해! 너 그 기세면 올해 보따리장사 청산한다. 이왕 늦은 거 북진해라. 북진해서 K대, P대까지 가라. C시 이남 대학은 갈 게 못 된다. 나 봐라. 애들이 내 논문을 대리하는 게 아니라 내가 애들 논문을 대리한다. 내가 애들 졸업논문 통계도 돌리고 오타까지 수정한다. 말이 교수지, 완전 개노가다."

오지는 겨우 버티고 있었다. 그녀는 자격지심 때문에 자신이 대중을 믿는 게 아닐까 늘 불안했다. "이제 전통적인 아카데미의 시대는 갔어. 모두가 자기 삶의 인문학자야. 일인 일표이듯 일인 일 인문학 시대라고. 내 평생 인문학의 민주화에 기여하겠……" 그런데 구지경이 올라오는 것이다. 남자와 시시덕거리며. 계단을 시끄럽게 울리며. 그러면 어쩔 도리 없이 이런 생각이 들지 않을까. 교수실에 둘러앉은 진지한 박사 전공생들은 저러지 않겠지. 늦는 사람도 없고, 책을 안 읽어 오는 사람도 없겠지. 이렇게 나를 모욕하지는 않겠지……

오지가 지경을 거칠게 밀었다.

"다신 오지 마."

"언니, 왜 이래요, 언니."

지경이 뒷걸음질쳤다.

"어디서 계집 짓거리야."

지경이 바닥까지 밀렸다. 남자들이 달려 내려갔다. 오지는 뒤돌아 올라갔다. 계단 꼭대기에서 아래를 보았을 때, 남자들의 머리통에 가려 지경의 얼굴은 보이지 않았다. 오지는 그 보이지 않는 얼굴을 노려보며 생각했다. '이래도 될까?' 아래에서 울음소리가 들렸다. '이렇게 구지경에게 다 뒤집어씌워도 될까?' 가느다란 윤곽들이 가물가물 이어지려 하고 있었다. 조금만 힘을 주면 전체를, 실체를 볼 수도 있을 것 같았다. 그러나 그녀는 너무 지쳤고 아무것도 생각하고 싶지 않았다. 오지는 눈 딱 감고 생각을 확 놔버렸다.

*

"언니, 구지경 번호 알아?"

규가 베개를 베고 누워 있다가 물었다.

"뭐하게."

오지도 일어나지 않고 가만히 눈만 떴다.

"왜 그랬는지 이유라도 들어야 할 거 아니야. 내가 그 정도도 못해?"

"너야, 자격 있지. 있겠지."

오지는 씁쓸하게 옛일을 떠올렸다. 지경을 계단에서 밀었던 날. 결국 추방하던 날. 그날 지경은 울다가 분한 듯 소리쳤었다. "야, 최숙현. 너랑 나랑 샴쌍둥이니? 머리 붙어 있어? 내가 책을 안 읽어 오면 네 머리에서 책이 빠져나가? 내가 한 글자 안 읽으면 네 대가리에서 한 글자씩 빠져나가냐고. 도대체 내가 책을 읽든 말든 너랑 뭔 상관이야!" 상관없지. 오지는 지경의 말에 동의했다. 이제는 그럴 여유가 있었다.

"번호 정말 몰라?"

"모르지. 내가 어떻게 아니."

"오지들 중의 한 명은 알 거 아니야."

오지는 다른 오지들을 떠올렸다. 얼굴 하나하나를 떠올렸다. 그리고 결론 내렸다.

"모를 거야. 다들 한 짓이 있으니까."

오지는 혼자 귀촌한 게 아니었다. 여럿이 함께 들어와 서로 근거리에 살고 있었다. 모두 사오십대의 여자들이었다. 그녀들은 연세로 얻은 집에 살며 책을 번역하거나 독립 다큐멘터리를 만들거나 타로점을 쳤다. 사람들은 그들을 오지 멤버라고 불렀다. 다른 오지들도 오지와 삶의 코스가 비슷했다. 소싯적에 유학 점을 잘 본다는 무당을 찾아다녔고, 너도 자궁내막증이니? 웃으며 서로를 가료했고, 여자 후배를 단속했고, 차에서 김밥을 먹다가 집어던진 적이 있었다.

오지 멤버는 꽤 오래 여러 모임을 이끌었다. 남자들이 떠난 후에도 영감회를 열고 세미나를 꾸리고 마니토 게임을 진행했다—"오천원이 넘는 선물을 가져오는 건 반칙이야!"—그들이 모임의 주축이 될 수 있었던 건 순전히 학교에 자리를 잡지 못해서였다. 학교에 '자리'를 잡다. 오지는 그 표현이 참 절묘하다고 생각했다. 학교에 자리를 잡은 동년배 남자들은 모임에서 학회로 무대를 옮겼다. 남자들의 학회 대이주가 일어나는 동안, 모임에는 그녀들만이 남았다. 언젠가 학회가 자신들의 장場이 되고, 자신들이 학회의 장長이 되길 간절히 바라며. 모임에서 하는 세미나를 두고 "좀더 진지한 공부를 하는 게 어때?" 하는 훈수에 반쯤 반박하고, 반쯤 동의하며. 알다시피 그런 일은 일어나지 않았다.

여자들은 산으로 대이주했다. 산으로의 이주는 탈주였나, 추방이었나. 마음속 버전은 시시각각 변했고 그 각도에 따라 깊은 산속의 그녀들은 잠들거나 잠들지 못했다.

여자들이 떠나고 남자들이 귀환했다—"요즘에는 소프트한 게 땡기더라구"—모임의 젊은 피들은 때론 아이디어를 도용당했고, 때론 모임에서 맺은 연줄로 원하던 대학의 박사과정에 들어갔다.

*

'미얀마 여행은 물건너갔군.'

규는 새삼 다 써버린 연차가 아까웠다. 베개와 씨름하는 동안 규의 여름도 끝났다. 슬슬 본전 생각이 드는 걸 보니 집에 갈 시간이었다. 요새 들어 선명하던 남편과 지경의 섹스 장면이 흐려지고 옛 기억이 대중없이 올라왔다. 있는지조차 몰랐던 작은 기억들. '영화의 밤' 사건도 그중 하나였다.

'영화의 밤'은 영화 모임에서 연말에 여는 영화제였다. 영화제라고 해봐야 아는 사람끼리 모임 사무실에서 옛 영화를 보는 정도였다. 상영작을 고르는 기준도 특별히 없고 소위 '쎈' 영화를 트는 것이 그나마 전통이었다. 그날, 규와 남편은 애들을 데려와야 했다. 양가 사람들 모두 약속이 있어 애들을 봐줄 사람이 없었다. 보미나래와 한올 남매는 약간 어두운 표정을 한 과묵한 초등학생들이었다. 부부는 사무실 유리문 밖에서 조곤조곤 얘기하다가 결국 소리까지 질러가며 싸웠다.
"미친놈, 니가 나한테 이럴 수 있어?"
"뭐? 미친놈?"
사람들은 또 저런다는 식의 시선을 교환했다. 남매도 익숙하다는 듯 다리를 대롱거리며 태연히 책을 읽었다.
"그래? 그럼 다 같이 보면 되겠네!"
규가 문을 쾅 닫고 들어오더니 의자를 요란스레 끌어와 애들 옆에 앉았다. 얼굴이 터질 듯이 벌겠다.

"너 진짜 사람들 앞에서 쪽팔리게 이럴래!"

문밖에서 김이 소리쳤다. 유리에 막혀 소리가 둔탁했다.

규가 돌아보지 않자, 김은 쿵쾅거리며 계단을 내려가 그길로 집에 가버렸다.

"애들 데리고 이 영화 보려고?"

영화를 추천한 사람이 다가와 규에게 물었다. 규는 입을 다문 채 정면만 봤다.

"자기야, 이거 아니야. 이 영화 어른도 보다가 중간에 나가는 걸로 유명해. 난 분명히 경고했다. 애들 트라우마 생겨도 몰라."

불이 꺼지고 영화가 시작됐다. 1970년대 오키나와의 풍경이 펼쳐졌다. 남매는 쌕쌕 숨소리를 내며 화면에 눈을 고정했다. 규는 영화에 집중하지 못했다. 부부는 모임에 오기 전, 한 사람이 영화를 보는 동안 다른 사람이 애들을 데리고 나가 있기로 합의했다. 누가 애들을 맡을 것인지는 정하지 않았는데, 내심 상대가 총대를 메주길 기대했다. 적어도 규는 고의로 최종 결정을 미뤘다. 앞으로 벌어질 일을 알았기에 가는 동안이라도 마음 편히 가고 싶었다. 결국 싸움이 벌어졌고, 남편이 집에 가버렸다. 규는 남편의 이기심보다 조금의 이변도 없음에 절망했다.

"엄마, 무서워."

"가만있어."

엄마가 된 후로 규는 남편보다 모임에 오래 남아 있어본 적이 없었다. 대화에 푹 빠져 있다가도 여덟시 반이면 초조해졌다. 아홉시가 되면 한창 얘기중인 남편에게 가 귀엣말로 인제 그만 가자, 고 했다.

"왜 또 초저녁부터 이래? 초등학생이면 애들도 다 컸어. 유난이다."

"아홉시가 초저녁이야? 빨리 일어나, 가게."

"그럼, 아홉시가 밤이냐?"

"그걸 말이라고 해?"

"정말 너랑은 말이 안 통한다."

아홉시는 초저녁인가 밤인가. 시각에 대한 지각 차는 두 사람의 경험 차에서 비롯되었다. 여자들이 조언했다. "무조건 버텨. 꺾느냐, 꺾이느냐, 둘 중 하나야." 그래서 규도 버텨봤다. 아홉시가 지나고, 열시가 지나고, 열한시가 지나고. 애들을 두고 벌이는 싸움은 마음을 졸이는 쪽이 지게 돼 있었다. 자정이 다 되어가는데도 남편은 너무나 멀쩡했다. 마음에 불안 한 자락 없었다. 그날 이후, 규는 아홉시면 순순히 일어나 먼저 갈게, 했다. 남편은 이야기에 정신이 팔려, 그래그래 하고는 곧 폭소를 터뜨렸다.

규의 이른 귀가가 애들 때문인 걸 모두가 알았다. "잘난 척

해봤자 지두 엄마지, 뭐" 했던 건 누구였나. 규는 창피했고, 창피함을 감추기 위해 작별인사가 길어졌다. "벌써 시간이 이렇게 됐네. 나도 아쉽지. 근데 어째. 일이 남았는데. 오늘도 밤샘 당첨이야. 핫식스나 사서 들어가야지. 정말이지 왜 일은 해도 해도 끝이 없니." 사람들은 규의 눈을 똑바로 보지 못했다.

*

지경은 놀이터에 나와 있지 않았다.
'이런 날까지 지각?'
규가 어이없어하며 발로 흙장난을 쳤다.
"다치셨어요?"
어느새 온 지경이 휠체어를 탄 규를 보고 물었다.
"오해하지 마. 자해한 거 아니니까."
"그럼요?"
"무릎 관절이 나갔어."
오지의 집을 떠나기 전날에 베갯잇을 태우려고 일어서는데 무릎이 펴지지 않았다. 무릎이 꺾여 맥없이 주저앉자 오지가 손뼉을 짝 쳤다. "잘했다." 규가 오지를 올려다봤다. "몸이 상해봐야 알아. 몸 아픈 것에 대면 마음 아픈 건 유도 아니다."
"제가 모임에서 빠질게요."

지경이 말했다.

지경의 표정이 좋지 않았다. 규가 보기에 자신이 반말을 해서 그런 것 같았다. 원래 둘은 존대하는 사이였다. 그런데 규가 지경의 불륜을 계기로 말을 놓은 것이다.

'왜, 떫어? 불륜은 불륜이고 반말은 반말이다, 싶어?'

규는 자신의 변화에 놀랐다. 원래 규는 말을 절대 안 놓는 사람이었다. 남들이 편하게 말하라고 해도 끝까지 알겠습니다, 하는 사람이었다. 규가 보기에 반말은 관계를 무리하게 좁혔다. 사람들은 예의가 없어서 반말하는 게 아니라 반말을 하고부터 예의를 잊었다. 멀리서 정중히 목인사를 하던 사람도 남의 콧구멍에 손가락을 넣게 되는 것이다. 묻지 말아야 할 것을 묻고 바라면 안 될 것을 바랐다. 그러니까 말을 놓지 않았다면 규는 지경에게 다음과 같은 질문을 하지 못했으리라.

"왜 그랬니?"

"다시는 안 만날게요."

"다짐 말고. 나는 이유가 알고 싶어. 왜 그런 거야?"

"그러게요."

'그러게요'라는 견고한 방패. 동조하는 척하지만 자신의 것을 하나도 내어놓지 않는 말. 규는 짜증이 났다.

"나는 네가 적어도 솔직한 줄 알았는데?"

"그러게요."

"너는 왜 그렇게 살게 되었어?"

질문이 미묘하게 방향을 틀었다. 불륜에 대해 묻던 규가 이제 지경의 인생 전반에 대해 묻고 있었다.

지경이 규를 노려봤다.

규는 희열감을 느꼈다.

규는 지경을 쉽게 놔주지 않을 생각이었다. 어떻게 나한테 이럴 수 있느냐고, 멱살 몇 번 흔들다 주저앉아줄 생각 따위 없었다. 규는 끝까지 왜냐고 물을 작정이었다. 그건 왜 그랬는데? 그럼 그건 또 왜 그랬는데? 왜 내 남편과 잤는데? 왜 내 남편과 자는 사람이 되었는데? 어떤 사람들이었는데? 너를 그렇게 만든 건 어떤 사람들이었는데? 그렇게 해서 자신이 받은 고통의 대가로 지경에게 고백록을 받아낼 것이다. 그리하여 지경을 이해할 것이고, 이해로 상처를 줄 것이다.

때로 사람들은 지경을 '떼'로 이해했다. 지경이 없는 자리에서 머리를 맞대고 각자 들은 지경의 이야기로 '지경 이야기'를 만들었다. 이런 해프닝, 저런 썰을 접붙여 한 편의 대서사를 쓰고 나면 아, 드디어 그 아이를 이해할 수 있을 것 같아, 길고 만족스러운 탄성을 발하며 소파에 기대 누웠다. 이제 규도 거기에 낄 수 있으리라. 나도 걔 좀 알지, 하는 미소를 띠며.

"대학을 멀쩡히 졸업했다면 평범하게 살지 않았을까 싶긴 해요."

지경이 말했다.

"도서관 책만 반납하면 된다며."

"네."

"집에 책 있다며."

"네."

"돈 빌려줄 사람이야 많을 거고."

"네."

"그런데 왜."

규는 미래의 자신을 상상했다. 상상 속 규는, 지경에 대해 지껄이는 사람들 사이에 있었다. 규는 뻐길 생각에 가슴이 저리고 몸이 떨렸다. 이제 곧 손에 쥘 지경의 고백으로 다음과 같이 말할 수 있으리라.

'……이건 구지경한테 직접 들은 얘긴데요.'

'정말?'

'걔 도서관 책 때문에 신세 망쳤잖아요.'

'그치.'

'그 책 집에 멀쩡히 있잖아요.'

'그치.'

'구지경이 그러는데 매일 아침 그 책을 본다고 하더라고요. 아니요. 읽는 게 아니라 본다고요. 책 제목이 보이지도 않을

만큼 눈을 가늘게 뜨고 책등을 노려본대요. 그 이야기를 들으니까 알겠더라고요. 구지경이 왜 그러는지.'

'왜?'

'그런 사람들 있잖아요. 회피하는 사람들. 실눈 뜨고 사는 사람들. 구지경도 눈꺼풀을 바짝 내리고 사는 거죠. 집에 수북이 쌓인 단수 경고장을 볼 때도. 피임을 안 하고 했던 섹스를 떠올릴 때도. 후회할 때도. 살기 싫을 때도. 위아래로 떨리는 눈꺼풀 안쪽 어둠 사이로 세상을 흐릿하게 보는 거죠. 그래서 도서관에 책을 반납하지 못하는 거예요. 하나를 똑바로 보면 모두를 똑바로 봐야 하니까요. 걔도 살아야 하지 않겠어요?'

'그치, 그치. 걔도 살아야지. 가여운 것.'

규는 거기서 멈췄다.

세간의 기준으로, 규는 지경에게 한참 더 함부로 굴어도 되었다. 그러나 규는 그만 지경을 더 괴롭힐 새도 없이 자신이 싫어져버렸다. 과거에 규는 사람들이 지경에게 너무 모질다고 생각했다. 그러나 막상 자기 일이 되자 그들을 이해하게 되었는데 바로 그 점 때문에 지경이 더 미웠다. 지경은 겹으로 잔인했다. 배우자의 배신을 보게 했고, 그것이 아니었다면 지킬 수 있었을 규 자신의 자부심을 파괴했다. 그리하여 규도 살짝 내디뎌보았다. 말을 놓고 사생활을 캤다. 내가 이래도 네가 어쩔 건데, 하는 낯두꺼움으로, 상대의 콧구멍을 꿰고 끌고 다니는 힘의 쾌감으로.

그러나 어떤 사람은 젊은 시절에는 남이 나에게 한 잘못 때문에 잠 못 이루지만, 나중에는 자신이 남에게 한 짓 때문에 잠들지 못한다.

"나 간다."

규가 휠체어를 힘껏 밀었다.

규는 스스로 멈출 수 있어서 기뻤다.

휠체어 바퀴가 모래에 빠져 움직이지 않았다.

"건강하세요."

지경이 마지막 인사를 건넸다.

"뭐라디?"

규가 힘을 주어 바퀴를 굴려보려다 멈추고 물었다.

"네?"

"둘이 있을 때."

"네?"

"남편이 날 뭐라 부르디?"

"그게 중요해요?"

지경이 규의 휠체어 손잡이를 잡으며 물었다.

휠체어를 뒤로 기울이자 규의 몸이 가까워졌다. 흰머리가 많네, 지경은 생각했다. 지경은 순간 규의 흰머리를 뽑으려다 멈췄다. 그 손을 그대로 들어올려 자신의 뺨을 때리고 싶었다.

"지경씨, 부탁이 있어서 만나자고 했어요."

규는 다시 존댓말로 돌아왔다.

"걱정 마세요. 다시는 안 만나요. 일단 제가 모임에서 빠질 거고요."

"아니, 아니, 반대."

"네?"

"모임 그만두지 마요. 그 말 하러 나왔어요."

"안 불편하시겠어요?"

지경이 물었다.

규가 어이가 없다는 듯이 웃었다.

"당연히 불편하지. 불편뿐이겠어요?"

불편뿐이겠니.

규는 '영화의 밤'을 생각했다. 영화는 충격적이었다. 애들에게 상흔을 남길 수도 있었다. 그런데도 규는 행복했다. 모임의 밤을 쟁취했으므로. 그날은 염치 불고하고 한번 끝까지 놀아볼 생각이었다. 마지막 멤버끼리 4차로 간다는 참새구잇집에 가봐야지. 자디잔 참새 목뼈를 오도독오도독 씹는 게 기막히게 고소하다 했었지. 대미를 장식한다던 새침한 커플의 개싸움을 목격해야지. 아침엔 안부 문자를 받을 거다. '어젠 잘 들어가셨어요? 얌전한 줄 알았는데, 장난 아니시던걸요? 그동안 어찌 참고 사셨어요?' 마음이 한껏 부풀었다.

영화는 끝을 향해 달려가고 있었다. 경고는 거짓이 아니었다. 결국 보는 내내 칭얼대던 한울이 바닥에 토를 했다. 여자 주인공이 제 손으로 거의 뽑아내듯 자궁에서 태아를 꺼냈다. 순식간에 토 냄새가 공기 중에 확 퍼졌다. 누군가 작지만 분명한 경멸을 담아 말했다.

"이거 아동학대 아냐?"

규는 토 닦은 휴지 뭉치를 정신없이 쓸어모았다. 애들의 손을 잡고 황급히 사무실을 나왔다. 남편은 침대에서 곤히 자고 있었다. 가방을 열자 쑤셔넣은 휴지에서 쉰내가 났다.

규가 웃으며 말했다.

"나와요. 나와. 나도 나오고, 지경씨도 나오고."

나도 나오고. 너도 나오고.

그럼 남편이 못 나오겠지.

규가 베개에서 본 가장 참지 못할 광경은 이것이었다.

어느 날, 남편이 모임에서 고백한다. 내가 개새끼긴 개새끼인데! 술에 엉망진창 취한 채. 똑같이 취한 누군가가 직전에 말해줄 것이다. 김형! 형도 인제 그만해요. 우리 그래봐야 인간이야, 인간. 서서히 퍼지는 무마의 기운. 남편은 반성문을 충분히 제출한 셈이 된다. 고백은 계속된다. 내가 이런 말까지 안 하려고 했는데 솔직히 우리 와이프란 여자도.

규의 상상은 거기서 멈춘다. 와이프일 리 없지. 남편이라면 자신을 결코 와이프라고 부르지 않을 것이다. 운동권 남자들은 아내를 '그친구'라고 부르니까. 아내를 그친구라고 부르는 자기 자신을 사랑하니까. 동지의 대체어로서의 그친구. 그렇게 부르는 한 자신은 아직 젊고, 아직 투사니까. 그친구. 예전에 정말 멋졌죠. 결기가 있었다고나 할까? 나는 존경할 수 있는 여자랑 결혼했어요. 그러나 역시 애엄마가 돼 그럴까요? 이젠 관점이 쥐똥만큼 좁죠, 쥐똥만큼.

남편은 떠들어댄다. 막을 사람은 아무도 없다. 추문 끝에 살아남는 건 남자들이다. 지경을 쫓아내고, 얼마 안 있어 규도 모임에 나오지 못할 것이다. 남편은 끊임없이 말한다. 그친구, 예전엔 리버럴하고 유연했는데, 이젠 계곡에서 양말도 안 벗어요. 어젠 미국에서 사촌들이 놀러왔거든? 애들은 밤까지 놀고 싶어 죽지. 근데 기어코 정한 시간에 재워. 아, 너무 독해. 너무 따져. 아, 정말 그런 친구 아니었는데……

그게 최악이었다.

남은 자로서 남편이 마지막 말을 앗아가는 것.

오늘날, 사람들은 규가 커피를 쏟으면 지경을 보고, 지경이 화분에 걸려 넘어지면 규를 본다. 지경이 과음하면 규를 보고, 규가 하품하면 지경을 본다. 그 조용한 관음의 공기 속에서 규와 지경은 서로 뺨을 갈기면서도 끝까지 가는 사이 나쁜 부부처럼 산다. 둘은 최후의 멤버가 될 것이다. 아, 신나!

어느 날, 규가 자신도 모르게 소리 내 말한다. 지경이 흘끗 본다. 지경의 표정은 무엇을 말하고 있나. 사람들의 눈이 돌아간다. 저마다 망상하며.

전하영

숙희가 만든 실험영화

괌에 가기로 한 것은 순전히 즉흥적인 결정이었다. 비행공포증이 있는 숙희는 벌써 십오 년이나 해외여행을 가지 않았다.
 십오 년이라……
 숙희는 무심코 햇수를 헤아리다 마지막 여행이 생각보다 더 오래전의 이벤트였음을 깨달았다. 벌써 그렇게. 하지만 그 십오 년이라는 기간이 어감만큼이나 체감상으로도 그토록 어마어마하게 긴 시간으로 다가오는지를 누군가 따져 묻는다면, 사실 꼭 그렇지만은 않다고 대답해야 할 것이었다. 어느 정도 나이가 든 다음에는 눈 한 번만 깜짝해도 삼사 년은 뭉텅, 하고 금세 지나가버리곤 했으므로. 익숙한 일이었다. 시간이 납작하게 축소된 채 기억 속에 한데 뒤엉켜 있는 듯한 감각은.

그게 꼭 나쁘다고만은 볼 수 없었다. 나이가 들어서 좋은 점은 웬만해서는 새로운 경험을 하지 않는다는 것이었다. 어떠한 상황이든 과거의 삶 속 어느 순간을 다른 식으로 반복한다는 느낌을 피하기 어려웠다. 다른 말로 하면 당황하는 일이 적어졌다는 뜻이었다. 숙희는 데자뷔를 느끼며 잠시 넋을 놓고 있다가 이내 정신을 차리고는 상황에 적합한 자기 자신을 연기하듯 비행기를 탄 지 십오 년이나 됐어, 하고 정말 깜짝 놀란 듯이 말했다.

"언니, 진짜 괌에 한번 와. 내가 비행기표 사줄게."

윤미가 말했다.

"괌! 괌이 도대체 어디 붙어 있는 데였지?"

숙희가 물었다.

"그냥 바다 한가운데 덜렁 있어. 지도 봐봐. 인천에서 네 시간밖에 안 걸려."

숙희는 통화를 스피커 모드로 돌리고 급히 구글 맵을 검색했다. 윤미 말대로 괌은 태평양 한구석에 있는 외딴섬이었고, 그곳에서 한참이나 스크롤한 다음에야 겨우 일본 땅—후쿠오카나 가고시마 같은, 숙희의 지리 감각에 그나마 포착되어 있는 지명—에 가닿을 수 있었다.

"근데 괌에는 왜?"

숙희가 의아해하며 물었다.

윤미는 손녀를 돌보기 위해 괌에 있는 딸네 집에 가 있다고 대답했다. 벌써 한 달이 다 되어가고, 딸이 출근한 뒤에는 종일 아기하고만 둘이 지내느라 아주 지루해 미친다고 숙희의 질문에 기다렸다는 듯 투덜거림을 쏟아냈다.

"아니 무슨 〈미나리〉 찍을 일 있니? 자기가 알아서 해야지, 왜 널 불러."

숙희가 맞장구치듯 윤미 편을 들자 윤미가 좀더 누그러진 목소리로 딸을 두둔했다.

"걔한테 못 해준 게 있잖아. 내가 온다고 했어."

윤미는 고백하듯 말하고는 아직 마음의 준비가 되지 않았다며 단톡방에는 소식을 전하지 말라고 부탁했다.

"아기는 정말 예쁘고 사랑스러워. 근데 애를 돌보는 게 그거랑은 또 다른 문제니까."

윤미하고는 일 년에 한 번쯤은 꼭 만났으니 숙희 기준으로는 꽤 친한 편인데도 손녀가 생겼다는 얘기는 금시초문이었다. 지난 몇 년간 팬데믹 때문에 연락이 뜸하긴 했으나 그래도 이렇게 중요한 삶의 이벤트를 놓치고 있었다니 숙희는 어쩐지 윤미에게 미안했다. 그런데.

육아하는 윤미라니……

숙희에게는 그런 모습이 좀처럼 상상이 안 되었다. 윤미는 어린 나이에 주원을 낳았고 그 직후 상대 남자와 헤어지는 바람에 주원을 자기 엄마에게 전적으로 맡겨 키운 것으로 숙희는 알고 있었다. 숙희와 윤미가 본격적으로 친해진 시점이 주원이 중학교에 다니기 시작한 무렵이었으므로 숙희는 윤미에게 자녀가 있다는 사실도 종종 잊어버리고 지낼 정도였다. 어쩌다 주원과 볼 일이 생기더라도 그애가 윤미의 어린 막냇동생이나 사촌의 조카 정도로만 여겨졌을 뿐, 서로 데면데면한 그네들이 실은 모녀 관계라는 것도 뒤늦게 혼자 떠올리고는 괜히 새삼스러워할 따름이었다. "언니가 자유로운 영혼이니까 그렇지" 하고 윤미는 숙희의 무심함을 그저 웃어넘길 뿐이었고, 그래서 그리된 건지 알 순 없겠지만, 숙희는 숙희대로─자기 편할 마음에서였는지는 몰라도─윤미를 자신과 마찬가지로 그저 조용히 자기 할일이나 하면서 세상의 구석에 틀어박혀 홀로 늙어가는 동지 정도로만 생각해왔던 것이었다.

"세상에. 손녀라니."

"내 말이."

"몇 살인데?"

"이제 팔 개월 정도 됐어."

"완전 아기네."

"그럼, 아기지. 진짜 귀여워. 내가 사진 올렸는데 못 봤어?"

"사진을 올렸어?"

"참 내. 나한테 관심이 없구먼."

숙희를 타박하는 게 즐거운 듯 윤미가 명랑한 목소리로 말했다.

"잠깐만. 그럼 윤미 너 이제 할머니네? 공식적으로."

"내 말이."

"와, 미쳤네."

숙희는 윤미와 하하 하고 소리 내어 웃으면서도 왠지 근본적으로는 어색한 느낌을 떨칠 수 없었다. 자신들의 대화며 말투가 전혀 할머니답지 않다는 생각을 똑같이 하고 있는 듯했다.

"주원이 그 꼬맹이가 벌써 엄마가 됐구나."

"꼬맹이는 무슨."

윤미는 약간 눈을 흘기는 듯한 뉘앙스로 말을 받았다. 어쩐지 감정이 실린 듯한 목소리였다. 숙희가 마지막으로 주원을 본 것은 사 년 전이었다. 가물가물하지만 그게 아마 마지막이었을 것이다. 모주원은 모윤미처럼 체구가 작았고, 윤미와 다르게 공부를 잘하고 다소 냉소적인 면모가 있었다. 아주 가끔 만났을 뿐이었지만 숙희는 어린 주원에게 '냉미녀'라는 별명을 붙여주며 놀린 적이 있었다. 의외로 주원은 그 별명을 싫어하지 않았다. 그전까지 어딜 가든 마냥 꼬마 취급만 받다가 어쨌든 미녀 소리를 들으니 기분이 좋은 듯도 했다. 아마도 주원은 그게 자신한테 잘 어울리는 별명이라고 생각하고 싶어하는 것 같았다. 조숙한 아이들이 사춘기 시절에 흔히 갖는 부모에 대한 반발심으로 인해 엄마와는 다른 자기만의 고유한 이미지를 원했던 걸지도 몰랐다. 주원은 착해빠진 윤미와 달리 좀더 차갑고 단단한 사람이 되기를 속으로 바랐던 건 아니었을까.

모녀지간이니만큼 윤미와 주원은 닮은꼴이었지만, 기질만큼은 완전히 딴판이었다. 윤미와는 상반되는 모습에 의외로 장점이 많이 섞여 있는 것 같아서, 숙희는 주원을 볼 때마다 주원의 생물학적 아버지가 어떤 사람일지 늘 궁금했다. 남초 직장에서 이십 년 넘게 일하면서도 거의 수녀처럼 생활해온 윤미인데 도대체 어떤 남자였길래 어린 나이에 '사고'를 친 건지 무척이나 알고 싶었던 것이었다. 딱 한 번 숙희가 윤미에게 그 남자의 정체를 물어본 적이 있는데 윤미는 너무 옛날이라 잘 기억이 안 난다며 난처한 얼굴로 손사래를 쳤다. 윤미의 태도가 사뭇 단호해서 숙희는 더이상 캐묻지 않기로 했다.

아무튼 숙희는 '요즘 아이들'에 속하는 주원이 또래들보다 훨씬 이른 나이에 결혼한다는 소식을 들었을 때 어머 왜 벌써 하고 어쩐지 아깝다는 마음이 들어 못내 아쉬웠다. 그런데 그새 아이까지 낳았다니. 곱에는 또 언제 갔대. 시간 참 빠르기도 하지. 숙희의 생각은 버릇처럼 시간이 빠르다는 한탄으로 곧잘 회귀했다. 그러고 보니 주원의 남편이란 사람은 외국인(옥스퍼드에서 생물학을 공부했다는 영국인)이었는데 결혼식 때 잠깐 보았을 뿐이지만 금발에 헌칠하니 영화배우처럼 잘생겼더랬다. 이른 결혼을 아쉬워하던 숙희의 마음도 신랑의 실물을 접하고 나서 다소 누그러졌던 기억이 났다. 아, 그럴 만도 했겠네. 그 똑똑한 애가 어지간히도 사랑에 빠졌으면. 쯧쯧.

"주원이가 다시 일 시작했잖아. 데이케어 보낼 때까지는 내가 좀 돌봐줘야 해."

"데이케어?"

"데이케어 센터. 여기는 어린이집을 그렇게 부른대."

"거긴 언제부터 가는데?"

"십, 오, 개, 월!"

윤미가 한 글자 한 글자 강조하듯 외치며 단숨에 대답했고, 윤미의 말이 떨어지자마자 숙희는 '세상에나!' 하고 진심으로 놀라며 히익, 숨을 들이켰다. 윤미에게 손녀가 있고 그 때문에 괌에 가 있다는 말을 들었을 때만도 그럭저럭 담담하던 숙희가 앞으로 반년이 넘도록 아기를 돌봐야 한다는 얘기를 듣자마자 그 즉시 격렬한 반응을 보인 것에 대해, 두 사람 모두 그게 우스워서 동시에 깔깔거렸다.

*

얼마 전부터 숙희의 SNS 피드에 간혹 올라오곤 하던 그 정체불명의 서양 아기가 바로 윤미의 손녀였다. 웬 아기 사진이 뜨냐 하고 바로바로 넘기기 바빴던 그 예쁜 아기. 제인이. 숙희는 태어난 지 십 개월도 채 안 됐다는 제인이의 사진을 하나씩 차근차근 내려가며 자세히 살펴봤다. 팔 개월, 칠 개월, 육 개월…… 아직 엄마나 아빠 둘 중에 누굴 더 닮았다고 말하는 게 불가능할 정도로 아기아기한 쪼꼬미였다. 통통해서 아톰 인형처럼 올록볼록한 작은 팔다리, 뽀얀 피부와 커다란 눈, 옅은 갈색 눈썹과 머리카락. 제인이는 어릴 때 성당에서 받곤 하던 크리스마스카드에 그려진 아기 천사 같았다. 윤미로 보이는 어른 품에 안겨 있는 사진에서는 활짝 웃고 있었는데 그걸 보자마자 숙희의 마음이 철렁하고 내려앉을 정도로 제인이는 심하게 귀여웠다. 평소에 윤미는 자기 계정을 거의 내팽개쳐놓다시피 한다고 봐야 할 정도로 SNS 업데이트에 뜸한 편이었기 때문에 그동안 숙희는 아기 사진을 올리는 계정의 주인이 윤미인지조차 알아차리지 못했던 것이었다.

윤미는 이제 할머니구나.

숙희는 문득 고개를 들고 멍하니 생각에 잠겼다. 아기의 귀여움에 잠시 밀려났던 '할머니'라는 단어가 차차 그 존재감을 드러내며 숙희의 머릿속을 잠식해나갔고, 숙희는 외계에서 온 미스터리한 돌덩이라도 되는 것처럼 그 말에 저만치 거리감을 둔 채 쉬이 다가서지 못하고 부근만을 이리저리 돌며 힐긋거릴 뿐이었다. 봉인 해제하면 갑자기 그 돌덩이 안에서 치명적인 바이러스 따위가 튀어나올지 모른다며 경계하듯이.

아직, 아직은 마음의 준비가 안 되었는데.

숙희는 그것에 대해서는 정말로 마음의 준비가 되지 않았다고 여러 번 생각하면서도 그 생각의 구심력으로부터 한 발짝도 벗어나지 못하는 자기 자신을 마주해야만 했다. 감정이 흩날리는 벚꽃처럼 동요됐다. 이제는 인생에서 떨어져나갈 일만 남은 것 같았다.

아줌마라는 것에 이제 겨우 무감해졌건만.

하나의 문이 닫히면 다른 하나의 문이 열린다더니. 숙희는 삶이 제공하는 이 끝없는 개념적 공격에 좀 억울하고 피곤한 마음이 들었다. 인류의 반이 필히 경험하는 것인데도 왜 이토록 힘겹고 외로운 싸움으로 느껴지는 것인지. 두 달 전 마흔아홉 살이 된 숙희는 몇 년 전까지만 해도 '아줌마'라는 단어와 치열한 내적, 외적 다툼을 벌여오다가 이제 겨우 '정착'이랄까 '평화'랄까 그 비슷한 마음의 안정을 얻을 수 있었다. 최근에 이르러서야 우연찮게 면전에서 아줌마라 불리더라도 상처받지 않을 만큼 자신의 감정을 잘 추스를 수 있는 수준이 되었다. 말은 쉽지만 그게 그렇게 만만한 과정은 아니었다. 최초의 순간은 십여 년 전의 어느 날 오후였다. 서른다섯인가 여섯인가 아무튼 그즈음이었을 어느 평화로운 주말, 수영장에 갔다가 그 옆 편의점에 들러 간식을 계산할 때 세상에서 제일 지루

한 표정을 짓고 있던 남자 아르바이트생이 계산 직후 숙희를 흘끔 보더니 포스기에 '중년 여성'이라 쓰인 견출지가 붙은 버튼을 탁, 하고 내리쳤던 것이었다. 그 버튼 옆으로는 '젊은 여성' '노인 여성' 등이 옹기종기 모여 있었다. 만족스러운 문장을 적은 소설가가 그다음 단락으로 넘어가기 위해 경쾌하게 엔터 버튼을 누르는 것처럼 단순하고 분명하고 무의식적이기 그지없는 손짓에 의해 숙희는 중년 여성이라는 세계에 입문했다. 당시만 하더라도 숙희의 시력이나 관찰력이 지금보다 훨씬 뛰어났기 때문에, 보지 않아도 되었을 그 장면을 숙희는 낚아채듯 목격하고야 말았다. 편의점 측에서 소비자의 연령대에 따른 구매 기호를 데이터화하려는 음흉하기 짝이 없는 시스템을 갖출 거라고는 상상조차 하지 못했던, 마음만은 백 퍼센트 순수 청년이었던 숙희는 그날부터 누군가에게 자신이 중년 여성으로 인식될 수 있다는 현실에 눈을 떴다. 일거수일투족이 이제부터는 사회적으로 다른 카테고리로 수렴될 수 있다는 가능성을 깨달은 것이었다. 그러므로 그 짧은 순간의 타격은 숙희에게 있어서 아주 거대한 '엔터'였다고도 할 수 있었다. 다른 세계로 들어가는 입구를 열어젖힌. 즉, 아줌마라는 세계로.

아줌마.

그 단어를 떠올리면 제일 먼저 스쳐지나가는 얼굴이 있었다.

천호동 아줌마. 천호동 아줌마는 숙희가 아홉 살 무렵에 숙희의 어머니가 다시 직장에 나가면서 집안일을 도와주러 오던 파출부였다. 천호동 아줌마가 숙희네로 출근한 지 몇 달이 채 되지 않아서 숙희의 어머니는 천호동 아줌마를 눈에 띄게 못마땅해했다. 아줌마가 몰래 숙희네 집에서 샤워를 하는 것 같다는 의심을 샀기 때문이었다. 숙희의 어머니는 자신의 것과 별다를 바 없어 보이는 기다란 진갈색 머리카락 한 가닥을 집어들고 천호동 아줌마 것이 아니냐며 질색하곤 했다. 숙희는 아줌마가 집에 있을 때 내내 그와 함께 있었으므로 어머니가 생각하는 그런 일이란 있을 수 없다고 생각했지만, 자신이 알지 못하는 시공간이 집안 어딘가에 존재할지도 모른다는 믿음을 가진 어린이였기 때문에 어머니 앞에서 천호동 아줌마를 두둔하지 않았다.

어머니의 반감과 상관없이 숙희는 천호동 아줌마가 좋았다. 처음 볼 때부터 그가 마음에 들었다. 천호동 아줌마는 큰 눈에 쌍꺼풀이 진했고 다른 동네 아줌마들보다 더 젊고 예뻤다. 외모에 무심했던 어머니와 달리 천호동 아줌마는 꾸밈에 필요한 잔기술에 능했고 숙희의 머리를 여러 방식으로 땋아주며 예뻐해주었다. 아줌마가 힘있고 섬세한 손놀림으로 머리카락을 이쪽저쪽으로 당겨가며 모양을 잡아가는 동안 숙희는 자신의 작은 머리통을 고정하려 노력하면서도 아줌마의 손이 이끄는 대로 여지없이 흔들렸다. 천호동 아줌마는 '처녀' 시절부터 딸을 정말 원했다는 얘기를 자주 하곤 했었는데 숙희가 봤을 때는 자신에게 아들이 둘이나 된다는 것을 은연중에 자랑하고 싶어서 하는 말로 느껴졌다. 그게 그 아줌마의 자부심이었다. 천호동 아줌마는 어머니에게 안 좋은 소리를 들은 다음날이면 숙희를 식탁에 앉혀놓고 과일을 깎아주며 자기는 숙희의 어머니를 이해할 수 있다고, 백번 이해한다고 말했다. 그러니까 딸 하나밖에 없는 숙희의 어머니를 가련하게 생각한다고. 아무리 배운 여자라 하더라도 아들 없는 여자는 나이들어 대접받기 힘들다고도 얘기했다. 너도 엄마를 이해해야 해. 천호동 아줌마는 숙희를 붙잡고 이것은 우리 둘만의 비밀이라며 곡진한 태도로 속삭이곤 했다. 네 엄마는 불쌍한 사람이야. 아줌마는 숙희의 어머니를 진심으로 동정하는 듯했다. 숙희는 직관적으로 어머니의 편을 들어야 한다고 생각하면서도 천호동 아줌마의 말을 잘 들어야 신상에 이롭다는 것을 알았다. 비가 올 때 숙희에게 우산을 가져다줄 사람도, 간식과 저녁밥을 챙겨주는 사람도 다 천호동 아줌마였기 때문이었다. 숙희는 천호동 아줌마를 잃고 싶지 않았다. 아줌마에게 잘 보이고 싶었다. 어느 친구보다도 그 여자의 사랑을 받고 싶었다. 숙희의 아버지와 그가 불륜 관계였다는 사실을 알 때까지는.

숙희가 5학년에 올라가기 전에 아줌마는 일을 그만뒀다. 작별인사를 할 시간 따위는 주어지지 않았다. 숙희는 입을 다무는 법을 배웠다. 숙희는 무언가를 잃었지만 그게 뭔지 알 수 없었다. 그 사건 이후 숙희와 숙희의 어머니는 약속이라도 한 듯 천호동 아줌마에 대해 단 한 마디도 얘기를 나누지 않았다. 천호동 아줌마가 아줌마로서 유별난 존재였다는 사실을 깨달은 것은 그리 오래 지나지 않아서였다. 그후에는 더 늙고 못생긴, 할머니에 가까운 아줌마들이 와서 집안일을 도와주었다. 그런 아줌마들이야말로 세상에서 말하는 '아줌마'라는 단어에 더 적합한 사람이라는 것은 어린 숙희도 어렵지 않게 눈치챌 수 있었다.

숙희와 윤미는 '아줌마'가 되고 싶지 않은 여자들이었다. 그게 그들을 친하게 만든 원동력이라 해도 무방했다. 그러기 위해 둘은 부단히도 노력했다. 평범한 직장인이었지만 퇴근 후엔 꼬박꼬박 각종 스터디에 참가했고, 브런치에 글을 썼고, 각각 책을 세 권씩 낸 저자였다. 두 사람은 동네 서점의 글쓰기 강좌에서 처음 만났다. 그후 따로 글쓰기 모임을 만들어 동고동락하면서 서로의 나이 차이를 생각하지 않고 친구처럼 지낸 지 오래였다. 나이 차라고 해봤자 숙희가 윤미보다 겨우 두 살 위였다.

숙희는 멈칫했다. 아차. 그랬다. 그런 것이었다. 그동안은 잊고 지냈는데 엄밀히 말하자면 아주 미세하더라도 실은 숙희가 윤미보다 더 늙은 거였다. 그러니까 할머니가 된 윤미보다도 말이다. 오 이런……

그렇지 않아도 숙희는 염색할 시기를 놓칠 때마다 정수리를 거울에 비춰보며 할머니처럼 보일지 모르겠다고, 진즉에 노파심을 부려오지 않았던가. 동년배들끼리 농담 섞인 말투로라도 스스로를 '할머니'라고 칭할 때면 숙희는 자기도 모르게 진심으로 발끈하며 정색해버리곤 했는데, 아마 그 말이 어떤 진실—부정할 수 없는 팩트—에 가까워지리라는 사실을 의식했기 때문이었을 것이다. 얼마 전 참석한 술자리—서로의 나이를 밝히지 않는 모임이었다—에서는 젊은 작가 하나가 "저는 할머니 작가가 되는 것이 꿈이에요"라고 천진하게 말하는 걸 들으면서 어쩐지 마음이 비틀어져 뭐라 딱 꼬집어 지적하고 싶은 충동을 가까스로 눌러 참았다. 그러다 그 작가가 암시했던 '할머니'라는 게 대강 오십오 세 이후라는 걸 알아차렸을 때는 황당함을 넘어 기함할 노릇이었다. 할머니 작가가 되기 위해서는, 그전에 먼저 중년—그 기나긴 모멸의 시간—의 여자가 돼야 한다는 뼈아픈 진실을 굳이 지적하고 싶지도 않았다. 물론 숙희가 그 젊은 작가를 전혀 이해하지 못한 건 아니었다. 한때는 숙희 역시 그런 말을 잘도 지껄이고 다니지 않았던가. 귀여운 할머니가 되고 싶다는 둥. 그러니까, 할머니라는 단계가 저멀리, 수백 광년 떨어진 우주 밖에 떠 있는 외계 성운 어딘가에 존재하는 것처럼 멀게만 느껴지던 그런 시절에 말이다. 마치 할머니라는 만능 키만 얻으면 언젠가 도달할 파라다이스에 최종적으로 우리의 자아를 안착시켜주리라 믿는 것처럼. 숙희는 젊은이들과의 대화가 거북했으나 괜히 말 한마디 잘못 얹었다간 어르신 취급이라도 받을까 싶어 입을 꾹 닫고 앉아 있다가 일찍 자리를 떴다.

당연히 숙희도 안다. '할머니' 같은 말은 '선생님'이나 '사장님' '고객님' '어머님' '이모님'과 마찬가지로 마땅한 직함으로 부르기 애매한 상대를 지칭할 때 유용하게 사용될 뿐인 관용적인 호칭에 지나지 않는다는 것을. 그런 말에 각을 세우는 일은 마치 '눈 밝은 독자'라고 할 때의 그 '눈 밝은'이 시각장애인을 비하하는 표현이라고 비판하는 것만큼이나 융통성 없는 지탄처럼 들릴 수 있으리라는 것도. 그렇지만 숙희는 마음속 깊은 곳에서 할머니에 대한 저항감이 치밀어오름을 부정할 수 없었다. 그 말 속에 들어 있는 스스로를 무장해제하는 듯한 그 묘한 연약한 느낌에 거부감이 들었다. 칠십대면 칠십대 여성이라 하고, 팔십대면 그냥 팔십대 여성이라 지칭하면 될 것이지, 그도 아니면 서양식으로 이름을 부르든가, 단순히 나이가 들었다고 아무에게나 할머니라고 대충 불리고 싶진 않았다. 알지도 못하는 사람들이 '숙희 어린이'와 비슷한 어감으로 '숙희 할머니' 하고 자신을 부르며 제멋대로 친근한 척 이래라저

래라 선을 넘어오는 것은 상상만으로도 괴로웠다.

  그렇다고 숙희가 노년의 삶에 대해 전혀 고려해보지 않은 것은 아니었다. 숙희와 윤미에게는 언젠가 노인이 되면 같이 살기로 한 다른 세 명의 친구가 더 있었다. 모두 다 싱글이고 윤미만 제외하곤 다들 자식이 없었는데 윤미는 딸이 외국에 살 것이므로 없는 거나 마찬가지라며 무리에 끼워주었다. 그들은 은퇴하기 전까지 각자의 삶을 열심히 살다가 육십대 중반이 넘을 때쯤 비수도권에 있는 마당이 넓은 주택을 사서 함께 서로의 '식구'가 되어주자는 구상을 나누기도 했다. 텃밭을 가꾸고 고양이도 키우고 서로를 돌보면서 동네 서점을 열어 그림 그리기나 글쓰기 강연을 진행하는 등 마을 공동체에도 기여하는 그런 이상적인 삶을 그렸다. 숙희와 윤미를 포함한 다섯 명의 여자들은 근미래를 배경으로 하는 SF의 플롯을 짜듯 두루뭉술하게 그들이 함께하는 미래를 꿈꿨다. 솔직히 그때가 되면 어떻게든 되겠지 하는 심정도 없지 않았다. 모두가 삼십대였던 그때는 아직 노년의 삶이란 게 먼 훗날의 일처럼 느껴졌기 때문이었다. 그랬던 것이 엊그제였는데…… 정신 차려보니 이제 육십대 중반까지 겨우 십오 년 남았을 뿐이었다. 얼렁뚱땅하다가는 아무것도 준비해놓지 않은 채 어이쿠, 시간이 또 눈 깜짝할 사이에 지나가버렸네요, 하고 말해버리고 말리란 것도 이제는 너무나 잘 알았다.

윤미야,

내 친구 윤미야, 너 거기서 괜찮은 거니?

난 잘 모르겠어. 할머니가 되는 것도, 되지 않는 것도, 너무 어렵다, 윤미야.

숙희는 답답한 마음에 괜히 윤미를 부르며 생각에 잠겼다. 숙희의 어지러운 마음을 바로 옆에서 들여다보기라도 한 듯 윤미에게서 카톡이 왔다.

숙희 할머니~ ㅋㅋ
윤미 할머니 보러 괌에 오세요! 꼭이요~ ㅎㅎㅎ

*

실수.

완전한 실수였다.

침대에 누워 있는 찬영을 보며 숙희는 고개를 절레절레 흔들었다. 잠시 할머니 생각에서 벗어난 건 좋았지만, 차라리 할머니 생각을 하는 게 더 나을 것 같았다. 문제를 덮기 위해 또 다른 문제를 만드는 게 어른의 삶이라더니. 숙희는 순간의 유혹을 이기지 못하고 찬영에게 연락하고 말았다. 석 달이나 잘 참고 견뎠는데 다시 원점으로 돌아간 것이었다. 잠든 찬영은 무방비 상태 그 자체였다. 이상하게 숙희의 집에만 오면 잠이 그렇게나 잘 온다고 찬영은 자주 말하곤 했다. 그렇겠지. 넓고 쾌적한 집에서 밥해주고, 빨래해주고, 청소도 다 돼 있고……

그는 보고 있기 즐거운 남자였다. 처음 만났을 때보다 살이 조금 찐 듯했지만 찬영은 여전히 젊은이의 몸을 갖고 있었다. 숙희는 문지방에 서서 상체를 반쯤 기댄 채 찬영의 몸을 한동안 내려다보았다. 아름답다 느꼈던 많은 것들이 그것을 붙잡는 순간 곤란함이 되어 곁에 남았다. 이 모든 것을 감당하기엔 예전에 비해 에너지가 달리는 기분이었다. 나이가 들어 할머니 취급을 받게 되는 건 상상만 해도 싫었지만, 젊은 남자들이 점점 더 어린애처럼 보이는 것도 인정할 수밖에 없는 사실이었다. 뭐가 되었든 무언가에서 또다시 멀어지고 있다는 이 생생한 느낌만큼은 부정할 수 없는 현실이었다. 모든 것에 지루함을 느끼기 시작했다는 이 생경함. 그것만큼은 새롭다고 숙희는 자조했다.

한동안 숙희는 찬영과 연락하지 않고 잘 지냈다. 잠깐의 외로움만 모른 척 흘려보내면 그만이었다. 그와 만나지 않는 것이 숙희에게 그렇게 어려운 선택은 아니었다. 찬영과의 만남을 시작하기 전부터, 이미 숙희는 남자와의 연애에 환상을 품을 만한 시기를 한참이나 지나 있지 않았던가. 그에 더해 찬영과의 나이 차가 사회 통념상으로 너무 많이 난다는 사실도 전적으로 그 관계에 몰입할 수 없게 만들었다. 솔직히 그게 가장 컸다. 범죄까지는 아니라 하더라도 한국사회에서 아무런 거리낌 없이 찬영과 연인으로서 손을 맞붙잡고 다니기에 숙희는 민망할 만큼 나이가 많았다. 찬영은 그다지 신경쓰지 않는 듯했지만 숙희가 느끼기엔 확실히 그랬다. 두 사람의 관계를 다른 사람들이 알게 된다면? 숙희는 분명 비난받을 것이다. 천하의 뻔뻔한 년이 되어 있겠지. 열몇 살이나 어린 남자를 애인으로 둔, 정신 나간 아줌마. 하지만 어쩌면 그랬기 때문에 만남을 지속하는 게 숙희에게 더 가볍게 느껴졌는지도 모른다. 세상모르게, 아무도 모르게 이것은 당연하게도 잠시 일어나는 일탈일 뿐이라는 생각으로, 그렇게 반복이 되었던 거였다. 흥미로운 것은 황찬영과 열여섯 살이나 차이가 난다는 사실을 맨 처음 알았을 때 숙희는 적잖이 당황하면서도 한편으론 나이 차가 스무 살이 넘지는 않아 다행이라는 생각을 동시에 했다. 그리고 자신이 금기시했던 어떤 벽이 스스로 알고 있던 것보다 더 좁은 범위를 커버한다는 데에 유쾌한 심정이 들었다. 왠지 복수하는 기분마저 났던 것이었다. 모습도 실체도 없는 적에게.

  손을 잡고 다니는 것이 민망하게 느껴지긴 했어도 아예 밖으로 나다니지 않은 건 아니었다. 경험상 홍대는 불쾌했고 을

지로나 이태원은 상대적으로 괜찮았다. 찬영이 알고 있는 홍대의 몇몇 장소에서 숙희는 젊은이들이 기꺼이 참아내는 멋진 괴로움—유행하는 카페의 불편한 의자—따위를 견딜 수 없어했고 찬영은 더러운 자취방에 애인을 초대한 것처럼 노심초사하며 숙희의 안색을 살폈다. 그들은 어딜 가나 눈길을 끄는 커플이었다. 매번 호기심어린 시선이 따라다녔다. 그들의 일반적이지 않은 나이 차는 젊은 사람들에게도 곤혹스러운 것이었던 모양이다. 편협함은 늙은이들만의 전유물이 아니었다. 길거리에서 팔짱을 끼고 가다가 사람들이 주목하는 것을 의식하게 되면, 그 눈길이 때때로 위협적일 만큼 집요하다고 느껴질 때면 숙희는 마치 찬영의 친누이, 혹은 막내 이모라도 되는 것처럼 그에게서 반걸음 떨어져 성적인 뉘앙스를 탈락시킨 채 무감하게 서 있곤 했다. 숙희는 자신이 나뭇조각이라도 되는 것처럼 시선을 끌지 않으려 노력했다. 찬영은 그런 숙희의 변화를 알아차리지 못했다. 사람들의 꾸짖는 듯한 시선을 받으며 한동안 숙희는 서부의 무법자처럼 우월감을 느끼기도 했다. 단지 잡히지 않으려 노력하고 있을 뿐, 허술한 은행을 털어 챙긴 한 다발의 지폐는 이미 숙희가 들고 있는 커다란 가방 속에 가득차 있었다. 분명 그것은 승리자의 마음이었다. 불행히도 그런 감정은 오래 지속되지 않았다. 숙희는 금세 흥미를 잃었다. 무엇보다 고작 이런 것으로 세상과 싸운다는 느낌을 계속 유지할 필요가 있는지 스스로를 설득하지 못했다. 두 사람의 관계는 전적으로 사적인 영역에 머무는 편이 나았다. 둘만이 아는 관계여야 했다. 그게 편했다. 숙희는 찬영과의 관계를 아무에게도 밝히지 않았다. 윤미에게조차.

솔직히 말해봐. 숙희는 자문했다. 애초에 그를 진지한 상대로 여긴 적이 있었는지. 그러나 숙희는 바로 쓴웃음을 짓고 말았다. 진지한 상대라니, 그런 말을 잘도 떠올리다니. 스스로에게도 어이가 없었다.

신숙희, 너 자꾸 어쩔래.

자신을 탓하듯 숙희는 이마를 짚으며 문턱을 넘어 침실을 빠져나왔다. 현관 입구에는 찬영이 들어오면서 아무렇게나 벗어던진 가방과 외투가 허물처럼 널브러져 있었다. 숙희는 외투를 옷장에 걸고 가방은 게스트 룸 소파 위에 올려두었다. 가방이 꽤 묵직했다. 여행이라도 온 것처럼 한 짐 가득 싸온 듯했다. 언제나처럼. 숙희는 갑자기 짜증이 일었다. 찬영은 아직도 책가방처럼 생긴 지저분한 배낭을 메고 다녔던 것이다. 아직도 자기가 학생이기라도 한 것처럼. 게다가 가방 앞면에는 의미를 알 수 없는, 필시 무언가를 반대하고 타도한다는 표시의 알록달록한 패치가 잔뜩 붙어 있었다.

어린애같이.

숙희는 혼자 있고 싶다는 강렬한 욕망을 느끼며 거실로 향했다. 소파 옆 협탁에는 서평을 부탁받은 책이 잔뜩 쌓여 있었다. 그중 아무거나 집어 하나를 쓰면 됐는데 지난 며칠간은 기분상 그 어느 것에도 관심을 가질 수 없는 상태가 지속됐다. 숙희는 어떤 권태가 시작되었음을 희미하게 감지했다. 이게 그 말로만 듣던 갱년기인가. 짜증, 불면증, 안면홍조증, 그 밖에 다른 안 좋은 증상들이 단톡방에 오르내렸던 기억이 났다. 대충 읽고 흘린 것들이었다. 몸이 안 좋은 게 어디 하루이틀이었던가.

팔 년 전에는 좀 달랐다. 에너지가 넘쳤고 찬영이든 누구든 간에 실수로라도 아이를 가질 수 있지 않을까 하는 기대가 없지 않았다. 힘든 일이지만 물리적으로 불가능한 건 아니었다. 그때는 지금의 숙희로서는 그저 동물적인 본능으로 충만해 있었다고밖에 회상할 수 없는 놀라운 시기였는데 한 일 년 정도는 정말 미친 여자처럼 건수만 있으면 남자랑 자고 다녔다. 마치 발정기가 끝나기 전에 마지막으로 발악하는 암사자처럼 이상한 성적 욕구로 고양돼 있었다. 의식적인 행위가 아니라 실수에 의한 것이라면 어떠한 결과도 받아들일 수 있을 것만 같았다. 만약 그때 임신이 되었더라면 숙희는 상대—누구인지 판명이 된다면—남자에게 사실을 밝히지 않고 혼자서 조용히 아이를 키울 작정이었다. 숙희는 마음속으로 소설을 여러 편 썼다. 아니 수십 편은 썼을 것이다. 아이가 있는 삶, 어머니로 살아가는 삶. 그 가상의 플롯은 오랫동안 마음속에 간직된 것이었다. 그건 숙희가 발명한 것도, 숙희만의 것도 아니었다. 어떤 사회적 의무와도 같은 선택지로서, 제대로 된 티켓을 구하지 못한다면 억지로라도, 심지어 절차를 어겨서라도 반드시 그 물결에 올라타야만 한다고 여겨졌던 길이었다. 그때, 그 방종했던 기간에 아무 일도 일어나지 않았다는 것이 숙희에겐 너무나 다행스러운 일이었다. 숙희는 다시 한번 가슴을 쓸어내렸다. 출산과 육아의 현실에 대해 아무것도 알지 못하면서 어떻게 감히 그런 꿈을 꾸고 앉아 있었을까. 인간이라면 마땅히 누려야 하는 권리라도 되는 듯이. 엄마가 되겠다는 결정을 내렸다는 것만으로도, 개인으로서의 한 여성이 이전에 누렸던 거의 모든 삶의 지분을 빼앗기는 그런 험악한 세상에서 살아가면서도.

숙희는 신경질적으로 아무렇게나 책을 뒤적거렸다. 침실에 사람이 있다는 게 의식되어 집중이 잘 되지 않았다. 역시 찬영을 부르지 않고 일을 하는 게 맞았다. 백번 맞았다. 주말이 끝나기 전에 뭐든 서평을 하나 완성해야 했다. 이미 마감은 며칠이나 지나 있었다. 약간의 죄책감과 무한한 귀찮음을 느끼며 숙희는 책 무더기에서 대충 한 권을 빼 들어 아무 페이지나 펼쳤다가 몇 문장을 읽는 둥 마는 둥 하고 다른 책으로 바꿔 같은 행동을 반복했다.

그러다가 문득 '비공식 이모'라는 소제목이 숙희의 시선을 멈춰 세웠다.

여성의 수많은 부류 중에서 미혼 이모보다 비웃음을 사는 부류가 있을까?

문장 전반에 깔린 냉소적인 말투가 숙희의 사정을 다 알고 건네는 말같이 느껴졌다. 어째서 인간은 이런 사소한 우연에 의미 부여를 하지 못해 안달인 걸까. 숙희는 계속해서 다음 문장을 읽어내려갔다.

결혼해서 어머니가 될 기회를 놓친 미혼 이모는 우스우면서도 불쌍한 사람 취급을 받는다. 성적인 것을 싫어하고, 쉽게 충격받고, 현대적인 것은 무엇이든 의심하고, 고양이(……)를 좋아하는 미혼 이모는 (……) 제인 오스틴의 어리석은 베이츠 양처럼 문학의 변두리에서 허둥대고 있었다. (……) 그러나 이제 새로운 미혼 여성이 등장했고 압박에 시달리는 부모들이 이득을 보고 있다.

마치 자신의 마음을 반영하기라도 한 듯한 그 단어, '미혼 이모'에 숙희는 큰 흥미를 느꼈다. 일단 숙희는 고양이를 좋아했다. 성적인 것을 싫어하진 않지만 이제 그것은 예전만큼의 우선순위를 갖지 않았다. 쉽게 충격을 받는 편인가? 예스. 아줌마나 할머니로 불리는 것에조차. 흠. 그래도 현대적인 것을 의심하는 건 아니었다. 아니, 비행공포증이 있으니 현대적인 것을 의심하는 쪽에 가까울지도. 제인 오스틴의 베이츠 양에 대해서는 들어본 적이 없으나 문학의 변두리에서 허둥대고 있는 것은 맞는 말이다. 그래도 그 허둥대던 시간에 후회는 없었다. 단연코 없었다. 다시 과거로 돌아간다 해도 숙희는 문학의 변두리에서 허둥대고 싶을 거라고 생각했다. 그게 제일 좋았다. 꽤 괜찮은 십 년이었다. 숙희는 이제 곧 사십대가 끝난다는 사실에 큰 아쉬움을 느꼈다. 아줌마가 돼버렸다는 압박보다는 드디어 젊은 여자에서 벗어났다는 안도감과 편안함이 컸다. 생각해보니 젊었을 때도 '아가씨'니 '언니'니 하는 호칭으로 아무렇게나 불리는 게 정말 싫었다. 젊은 게 특권이라는 생각도 없었다. 그땐 그게 그저 거추장스러운 장식물 같았다.

　주원은 어떨까. 아직도 이십대인 그애는 무슨 생각으로 아이를 낳은 걸까. 윤미를 부를 땐 무슨 마음이었을까. 주원에게 숙희는 미혼 이모였을까? 비공식 이모? 이모라는 말을 탐내기엔 숙희가 주원에게 해준 게 거의 없었다. 숙희는 지금쯤이라면 미혼 이모가 되고 싶은 것도 같았지만, 여전히 미혼 이모가 되고 싶지 않기도 했다. 숙희 이모나 숙희 아줌마 역시 되고 싶기도, 되고 싶지 않기도 했다. 아무것도 되고 싶지 않으면서도 누군가에게 의미 있는 기억으로 남고 싶은 마음이 있었다.

숙희는 생각난 김에 다시 윤미의 SNS 계정을 열고 아기 사진을 더 봤다. 유아용 의자에 고정된 채 앉은 제인이는 이유식을 양 주먹에 쥔 채 짧은 팔을 허공에 휘두르고 있었다. 그릇은 엉망진창이었고 옷과 얼굴에도 폭탄 파편처럼 음식이 묻어 난장판이었다. 게시물에는 '자기 주도 이유식'이라는 태그가 달려 있었다. 자기 주도는 무슨. 숙희는 자기도 모르게 인상을 찌푸렸다. 역시 아기란 성가신 존재였다.

"뭐해?"

화들짝 놀란 숙희가 뒤를 돌아보니 새집 머리를 한 찬영이 눈도 제대로 뜨지 못한 채 방에서 좀비처럼 비틀거리며 나오고 있었다. 찬영은 퍼포먼스 작가여서 작은 행동도 과장되게 표현하는 경향이 있었다. 방금까지만 해도 귀찮은 존재일 뿐이라고 몰아붙이긴 했으나 그는 역시나 숙희가 좋아하는 스타일이었다. 만약 숙희가 찬영과 비슷한 연배였다면 애초에 부끄러워서 말도 걸어보지 못했을 거라고 숙희는 생각했다.

"책 읽어."

숙희는 조금 미안한 마음이 들어서 따뜻하게 미소 지으며 말했다.

"무슨 책?"

"그냥 일이야."

"숙희씨는 배 안 고파?"

찬영이 부엌 한가운데 멈춰 서서 그렇게 하면 자기가 귀여워 보이리라 생각하는 듯 아랫배를 문지르며 물었다.

"아, 찬영씨 배고프구나."

숙희는 상대를 불쌍히 여기는 듯한 표정을 지어주면서도 혼자 있고 싶다는 생각을 잽싸게 했다. 어쩌라고. 역시 이건 아니었다. 외로움이 간절했다. 자고로 어른이라면 참을성을 길러야 한다, 숙희는 스스로를 탓할 뿐이었다.

한때 숙희는 숙희 같은 입장의 남자들이라면 평소에 어떤 생각을 하고 살지가 무척 궁금했다. 일반적인 기준보다 훨씬 더 어린 상대와 사귀면서 남자들이 그것을 얼마나 의식하는지, 숙희처럼 공을 들여 자기혐오와 자기 객관화에 골몰하고 지내는지를 알고 싶었다. 그러니까 숙희의 반의반만큼이라도 번민하는지를 말이다. 파트너에 비해 턱없이 좋지 않은 시력과 가뭄의 논밭처럼 갈라진 회복 불가능한 발뒤꿈치와 눈에 띄게 희끗희끗해진 음모에 그들은 과연 신경을 쓸까. 그러지 않으리라 추측하면서도 숙희는 자주 그런 의문을 품곤 했다. 찬영과 만나면서 예전에는 남의 일처럼 멀게 느끼던 것을 새삼스레 의식하는 일이 잦았다. 이를테면 옛날 영화에서 중년 남자가 부적절한 관계인 젊은 애인에게 자신을 '아빠'라 부르라며 장난스러운 요구를 하는 장면 같은 것들. 그런 상황은 심지어 그 관계를 역겹게 설정하지 않은 작품들에서도 종종 등장하곤 했는데, 그때 상대역은 어떻게 반응했더라? 그냥 순순히 아빠라고 불러주었나? 거기까진 기억이 나지 않았다.

다른 의문도 들었다. 생물학적인 자식을 갖는 일을 완전히 포기하지 않는 삶이란 대체 어떤 것일까 하는. 이쪽과 저쪽 사이에 거대한 강이 있는데 시간의 제약 없이 언제든지 저쪽으로 건너갈 수 있다고 생각하는 사람과 저쪽으로 갈 일이 없을 거라 여기면서도 어느 시점이 되면 완전히 길이 막혀버린다는 걸 알고 있는 사람. 그들을 과연 같은 세계에 속하는 부류라고 말할 수 있을 것인가. 예전에…… 천호동 아줌마는 숙희의 아버지를 뭐라고 불렀을까. 숙희의 아버지는 무슨 생각으로 천호동 아줌마와 관계를 맺은 걸까. 혹시라도 아들을 둘이나 낳은 여자이니 자신에게도 아들을 낳아주리라고 생각한 건 아닐까. 아줌마는 정말 숙희 어머니의 추측대로 숙희 몰래 샤워를 한 것일까. 도대체 언제, 어떻게…… 그 아줌마는 어린 아들들을 집에 두고 남의 집 아이, 즉 숙희를 돌보면서 무슨 심정이었을까. 숙희는 아무렇게나 떠오르는 자유연상을 따라가다가 참 별걸 다, 하는 심정으로 생각을 멈추고 냉장고 문을 열어보는 찬영의 옆모습을 무심하게 바라보았다.

뒤져봤자 뭐가 없을 텐데……

만약 찬영이 자신을 '엄마'라고 부른다면? 순수한 실수든 진심 섞인 실수든 간에. 그건 단 한 번뿐이라도 소리 내어 말해진다면 정말 끔찍하게 느껴질 것이다. 소름이 돋고 정신이 바짝 들어 그를 바로 내쫓고는 부끄러움에 치를 떨 것이다. 뭐라 불리든 끔찍하기는 양쪽 다 매한가지지만 엄마와 아빠는 그렇게나 뉘앙스가 다른 단어였다. 물론 지난 시간을 곱씹어보면 찬영이 숙희를 엄마라고 부르지만 않았을 뿐 숙희가 찬영의 엄마라도 된 것처럼 그를 돌보고 있는 듯한 사태가 종종 펼쳐졌다. 가령 당장과 같은 상황에서 숙희는 찬영에게 뭐라도 음식을 차려줘야만 할 것 같은 의무감을 느꼈다. 천천히 오랜 시간에 걸쳐 자기 자신도 의식하지 못하는 사이 어느새 관계가 그렇게 흘러가버렸다. 아마도 밍밍이(찬영이 키우다가 숙희의 집으로 데려온 어린 고양이)가 죽고 난 다음부터였을 것이다. 밍밍이를 그렇게 보내고 찬영과 숙희는 무척 힘든 시기를 지나왔다. 찬영은 밍밍이의 몫이라도 하듯 떼쟁이 아기처럼 굴 때가 있었고 숙희는 벌받는 심정으로 그런 찬영을 용납했다. 밍밍이가 할머니 고양이가 되지 못하고 죽었다는 게 그들을 이상한 방식으로 가족 같은 사이로 만들었다.

음식 찾기를 금세 포기한 듯 찬영이 숙희 옆으로 와서 파고 들었다. 배달 음식을 검색하던 숙희는 순순히 찬영의 머리에 무릎을 내주었다.

"방금 꿈을 꿨는데, 거기 숙희씨가 나왔어."

"내가?"

"음. 자기 이름을 난희라고 소개했는데, 그래도 나는 그 사람이 자기인 줄 알고 있었어."

숙희는 아무 감흥 없이 찬영이 하는 얘기를 들었다. 언제부터 얘기를 듣는 쪽이 거의 일방적으로 숙희가 되었는지 잘 기억나지 않았다. 애당초 꿈 타령할 때 진지하게 들어주는 게 아니었다.

"난희씨가 어딜 열심히 가고 있길래 내가 같이 가겠다고 했더니, 그러려면 나한테서 팔을 하나 떼어내야 한다는 거야. 그래서 내가 그건 좀 어렵겠는데요, 하고 곤란해하니까, 그럼 대신 영화나 찍으러 가자고 해서 그건 좋다고 했어. 그런데 잘 살펴보니 난희씨는 아무것도 들고 있지 않은 거야. 영화를 찍으려면 카메라가 있어야 할 텐데, 카메라는 갖고 있느냐고 내가 물으니까 난희씨가 그런 건 필요 없다고 자신 있게 대답하더라고. 아무튼 계속 걸어서 바닷가로 갔는데, 도착해보니 거기는 사막이었어. 구스 반 산트 영화에 나오는 거 같은. 그 영화 제목이 뭐였지? 맷 데이먼 나오고 두 사람이 걷다가 하나가 죽는 영화."

"……"

"……"

"〈제리〉?"

"〈제리〉! 그걸 잊다니. 아무튼 그 영화에서처럼 온통 사방이 다 하얀 사막이었어. 난희씨하고 나는 말없이 한참 걸어갔는데 내가 결국 참지 못하고 물었지. 어떡해요, 난희씨. 여긴 바다가 아닌데요. 그러니까 실제로는 숙희씨인 난희씨가 말하기를, 오, 괜찮아요. 이건 보통 영화가 아니라 실험영화니까 괜찮을 거예요……"

"실험영화?"

조금 의아한 듯 숙희가 찬영의 말을 자르고 물었다.

"아마 그렇게 말했던 것 같아."

"그래서?"

"그다음도 있었는데……"

자기 꿈 생각에 골몰하는 찬영의 머리를 슬며시 치우고 숙희는 옆으로 틀어 앉아 스마트폰을 다시 잡아 들었다. 찬영은 숙희가 미는 대로 밀려서 소파 반대편 쪽으로 비스듬히 기대어 누운 채로 여전히 생각에 잠겨 있었다. 숙희는 찬영에게 묻지 않고 태국 음식점에서 솜땀, 팟타이꿍솟 그리고 카오팟시푸드를 주문했다. 초창기를 제외하고 두 사람이 만나는 데 드는 비용은 모두 숙희가 지불하고 있었다. 자연스럽게 그렇게 되었고 숙희는 그것에 딱히 불만을 갖지 않았다. 혹시 그게 문제였을까. 그건 그들의 관계가 이미 평등하지 않다는 것을 숙희 자신이 알고 있었다는 증거가 되는 건 아닐까. 숙희는 스물두 살 때 서른 살의 여자(돈이 없다는 것만 빼면 그는 얼마나 완벽한 사람이었던가)와 사귄 적이 있었고, 그와 헤어진 뒤엔 스무 살 가까이 나이 많은 남자(유난히 '오빠'라는 호칭에 집착하던 자였다)와 만난 적도 있었다. 그때도 상대방은 돈이 없었고 숙희가 모든 비용을 감당했다. 경제적인 측면에 있어서 진짜 문제는 찬영이 아니라 숙희에게 있는 걸지도 몰랐다. 상대를 의존적으로 만드는 어떤 메커니즘이. 문득 숙희는 궁금해졌다. 숙희가 엄마가 된 것 같은 난처한 기분을 느낄 때 찬영 역시 자기가 어린아이가 된 것 같아 비참한 심정인지를.

"아까 보니까 한 짐이던데."

숙희가 대수롭지 않다는 듯 입을 열었다.

"음. 나 자기 집에 며칠 있어도 되지?"

티가 많이 나진 않았지만 찬영은 눈치를 보는 듯 딴청을 하며 물었다.

"왜, 무슨 일 있어?"

찬영은 바로 대답하지 않고 조금 뜸을 들였다. 숙희는 거부감이 드는 걸 들키지 않으려고 스마트폰을 계속 주시했다. 윤미의 인스타그램에는 새로운 사진이 올라와 있었다. 주말을 맞아 온 가족이 다 함께 마트에서 파는 일본식 도시락을 한가득 사 들고 이파오 비치에 갔다는 설명이 붙어 있었다. 바다는 에메랄드빛으로 푸르고 아기는 믿을 수 없을 만큼 귀여웠다. 아기는 균형을 잡으려고 바들바들 떨며 서 있다가 이내 옆으로 쓰러졌다.

"안 돼?"

"그게 좀 어렵겠는데……"

더 설명을 요구하는 듯한 얼굴로 찬영이 숙희를 바라보았다.

"나 내일모레 괌에 가."

"괌?"

숙희가 고개를 끄덕였다.

"휴가?"

"아니. 그게 아니라 윤미가 좀 도와달라고 해서."

"모윤미씨?"

"응."

"뜬금없이."

"뭐, 같이 프로젝트 할 게 있어."

거짓말이라는 게 처음 시작하기가 어렵지 한번 그 문을 여니 술술 이야기가 흘러나왔다. 숙희도 몰랐던 숙희의 계획에 따르면, 숙희는 내일모레 새벽 일찍 집을 나서서 아침 비행기를 타고 괌에 갈 작정이었다. 숙희가 씩씩하게 해외여행을 다니던 십오 년도 더 전에 쌓아놓은 마일리지는 항공사가 정책을 바꾸기 이전에 적립된 것이어서 아직까지도 고스란히 잘 남아 있었고, 숙희는 그걸로 괌 항공권을 샀으며 윤미네 집에서 이 주 정도 머물면서 함께 프로젝트를 구상할 예정이다. 만약 그게 잘 풀리면 직장을 그만두게 될지도 모르고 앞으로도 종종 집을 비우는 일이 잦아질 것이다. 등등.

찬영은 아무 의심 없이 숙희의 말을 받아들이는 듯했다. 기꺼이 속는 것이야말로 젊은 사람들의 표식이다, 라고 숙희는 생각했다. 그에게 미안한 감정이 들었다. 하지만 숙희는 찬영의 빛나는 젊음이 여전히 얼마간은 그의 가난과 의존을 낭만적인 것으로 만들어줄 것이며, 자기가 아니더라도 그런 그를 기꺼이 받아들일 마음 착한 이가 또다른 곳에 얼마든지 있으리라 확신했다. 그러므로 자기 같은 늙은 여자가 젊은 남자를 버리며 갖는 쓸데없는 죄책감이란 일종의 감정적 사치에 불과하다고 생각했다.

이제 그를 놓아줄 때가 되었다. 물러날 시기가 된 것이다.

숙희가 그렇게 마음을 먹자, 손에 닿을 듯 가까이에 있는 찬영이 오래전의 사람처럼 멀게 느껴졌다. 숙희는 과거에 사랑했던 사람을 바로 눈앞에서 보고 있는 듯한 착각에 빠졌다. 그리고 이 순간이 자신의 인생에서 다시는 반복되지 않을 것임을 알았다.

*

 열흘 후 숙희는 필리핀해 삼만오천 피트 상공을 지나는 여객기 안에 홀로 앉아 있었다. 마법에 걸린 듯 숙희는 찬영에게 얘기한 것처럼 2008년 이전에 쌓은 마일리지를 이용해 괌 항공권을 충동적으로 구매했다. 어쩐지 그래야만 할 것 같았다. 무언가에서 멀어진다는 행위 안에 자신을 두고 싶었다. 충동적이라 하더라도 고민이 없었던 건 아니었다. 난기류에 가장 영향을 덜 받는 위치가 날개 부근이라는 정보를 어디선가 주워들은 후 추가금을 지불하고 날개에서 제일 가까운 출입구 근처의 통로 좌석으로 예약을 변경하기도 했다. 숙희가 앉은 열의 나머지 두 좌석은 비어 있었다. 객실 창밖으로는 풍경이라고 할 만한 게 조금도 보이지 않았고 노출 오버된 필름처럼 밝고 하얀 빛만이 가득했다. 미리 처방받은 안정제를 먹어서인지 생각보다 비행이 견딜 만했다. 게다가 인천공항에서부터 안개 짙은 날씨가 줄곧 이어졌기 때문에 숙희는 오전 내내 꿈을 꾸는 듯한 몽상적인 기분에 사로잡혔다.

 아이를 동반하기 좋은 여행지라는 평판에 어울리게 괌으로 향하는 비행기 안에는 가족 여행객이 다수를 차지했다. 유아원인지 유치원인지를 다니는 어린아이들이 길거리에서 단체로 이동하는 것을 몇 번 스친 적은 있었으나 걷지도 말하지도 못하는 진짜 사람 아기를 이렇게나 많이 보게 되는 일은 정말 드물다고 숙희는 생각했다. 여기저기서 쉴 틈 없이 울어대는 아이들이 만드는 객실 소음이 비현실적으로 느껴졌다.

  숙희의 대각선 건너편에는 제인이와 비슷한 개월 수로 보이는 아기를 데리고 탄 부부가 탑승해 있었다. 쪽쪽이를 입에 문 아기는 때때로 아버지에게 안겨(매달려) 있곤 했는데 그럴 때마다 숙희와 자꾸 눈이 마주쳤다. 빨간 볼이 귀여워서 숙희는 용기를 내 아기에게 손인사를 건네보았는데 아기는 그게 무슨 의미인지 알지 못하는 듯했고 낯선 사람에게 스스럼없이 웃어주는 성격도 아닌 듯 뚱하니 경계하는 얼굴로 숙희를 쳐다볼 뿐이었다. 숙희는 금세 포기하고 바로 뒷좌석에 있는 다른 아기에게 신경을 썼다. 분홍색 옷을 입은 아기—쪽쪽이 아기보다 좀더 컸으나 개월 수는 짐작조차 하지 못했다—가 끊임없이 칭얼거렸고 아기 엄마는 몸을 들썩이며 다소 과한 몸짓으로 아이를 조용히 시키려고 노력했다. 숙희는 소리가 좀 나도 괜찮다고 말을 해줄까 고민하다가 그게 더 꼰대처럼 보이려나 싶어 그냥 눈을 감고 가만히 잠을 청했다.

  불쌍한 윤미. 윤미도 아기를 달래느라 지쳐 있겠지.

알지도 못하는 아이를 보러 삼천 킬로미터나 날아가다니 인생 참 모를 일이라고 숙희는 속으로 구시렁거렸다. 아니다, 나는 아기가 아니라 윤미를 보러 가는 길이지. 육아라는 외딴섬에 갇힌 윤미 할머니를 응원하러. 숙희는 괌에 가면 처져 있지 말고 윤미를 즐겁게 해주어야겠다고 다짐했다. 혼자서 가기 어려운 관광지도 함께 다니고 맛있는 음식점에도 가고…… 숙희는 야자수나 하얀 모래, 연파랑 바다 같은 남국의 휴양지 풍경을 떠올리며 실은 자기가 망망대해 위의 허공에서 시속 구백 킬로미터의 속도로 날아가는 물체 안에 있다는 생각을 하지 않으려 노력했다.

비행기는 어느새 고도를 낮추며 착륙을 준비하기 시작했다. 기내 방송이 나온 후엔 바닥에서 덜컹하고 랜딩 기어가 내려갔다. 좌석 벨트를 맨 숙희는 잔뜩 긴장한 채 팔짱을 끼고 비행고도를 알려주는 모니터만 뚫어져라 쳐다봤다. 숫자는 계속 내려가고 있었고 그에 따라 엔진 소리도 더 커지는 듯했다. 며칠 전 숙희는 혹시라도 비행공포증을 이겨내는 데 도움이 될까 해서 책을 한 권 읽었는데, 통계에 따르면 비행 사고 대부분은 착륙 오 분 전에 일어난다고 했다. 그런 정보는 안정적인 성층권을 지날 때는 도움이 됐지만, 대기권에 진입하면서부터는 숙희를 더욱 긴장시켰다. 비행기는 개인의 괴로움 따위는 아랑곳하지 않고 마땅히 자기 할일을 하듯 더욱 고도를 낮추다가 어느 순간 방향을 틀며 선회했다. 바깥 날씨는 화창하게 변해 있었다. 창밖에는 처음으로 풍경이라고 할 만한 게 보였다. 섬. 한눈에 보이는 푸른 섬의 해안선이 날개 너머로 언뜻 보였다. 괌이었다.

 비행기에서 내리자 바로 후덥지근한 공기가 밀려왔다. 숙희는 어디에선가 땀냄새가 날 것 같은 열대 풍의 기후에 깊은 안도감을 느꼈다. 입고 있던 겨울 외투를 벗어 팔에 걸치고 숙희는 사람들을 따라 탑승교를 빠져나와 공항 입국장을 향해 걸었다. 얼마 가지 않아 여행자들의 블로그에 매번 등장하던 'Hafa Adai!'라는 환영 인사말이 붙어 있는 지점에 이르렀다. 기념사진을 찍는 사람들을 뒤로하고 숙희는 입국 심사장으로 가서 줄을 섰다. 앞쪽에 선 꾀죄죄한 행색의 백인 남자—숙희는 자기도 모르게 할아버지라고 생각했다가 이내 칠십대 남성으로 정정했다—는 약간 정신이 오락가락하는 듯 자기가 바로 H호텔을 지은 건축가이고, 사십오 일 동안 괌에 있을 예정이며, 코리안 아내와 본인 사이에는 자식이 없지만 대신 코리안 도그가 있다며 인과관계를 알 수 없는 말을 횡설수설 늘어놓으며 시간을 끌고 있었다. 숙희는 그 남자를 구경하며 정신을 놓고 있었는데 뒤에 선 사람이 툭 치는 바람에 왼편 부스에 있던 모건 프리먼을 닮은 직원이 그쪽 심사대로 오라며 숙희에게 손짓하는 신호를 뒤늦게 알아차렸다. 직원의 고압적인 태도가 마음에 안 들었지만, 뒤쪽에 보는 눈들이 있어서 숙희는 마지못해 그쪽으로 다가갔다.

여권을 꼼꼼히 살펴본 모건 프리먼은 괌에 있는 동안 어디서 머물 예정이냐고 무표정한 얼굴로 물었다. 그런 질문을 오늘 하루만도 칠백 번 넘게 한 듯한 표정이었다. 애초에 숙희는 이리저리 설명하기 귀찮으니 그냥 조카 집에 있을 거라고 짤막하게 대답할 요량이었다. 그런데, 어딘지 모를 권위적인 분위기 때문이었는지 그만 죄지은 사람처럼 조카가 딸을 낳았고 그애를 보러 왔다는 설명을 변명이라도 하듯 구차하게 주렁주렁 덧붙이고 말았다.

"오, 축하해."

심각하던 모건 프리먼의 표정이 갑자기 자애롭게 변했다. 덩달아 긴장이 풀린 숙희는 예상치 못한 응원에 힘입어 자기도 모르게 한술 더 떠 조카의 딸이 곧 한 살이 될 거라고 자랑하듯 이어 말했다. 어느새 옆집 아저씨 같은 친근한 얼굴이 된 모건 프리먼은 다시 한번 아낌없이 행복한 표정을 지어주었다. 이쪽도 그에 못지않은 행복한 표정을 보여야만 할 것 같은 기분에 숙희는 어색하게 모건 프리먼에게 미소를 지어 보였다. 미소를 짓는 수렁에라도 빠진 기분이었다.

숙희는 벌써부터 피곤함을 느끼며 짐을 찾는 곳으로 서둘러 나갔다. 숙희 정도 되는 나이의 여자 직원이 재촉하는 듯한 특유의 톤—한국계였는지 영어를 더 잘 알아들을 수 있었다—으로 비즈니스 클래스 승객들의 여행 가방을 한곳에 모아놓고는 어서 짐을 찾아가라고 외쳐대고 있었다. 혼잡한 가운데 숙희는 좀 어리숙해진 기분으로 멍하니 서 있다가 비켜서라고 직원이 호통하는 통에 다른 사람들을 따라 떠밀리듯 이코노미석 수하물이 나오고 있는 컨베이어 벨트 앞으로 이동했다. 한국인 관광객으로 넘쳐난다는 얘기를 들었지만 그래도 미국령이라 그런지 외국에 왔다는 실감이 강하게 났다.

도착 출구는 세관 검사대에서 멀지 않은 곳에 있었다. 숙희가 전자 세관신고서의 QR 코드를 직원에게 보여주는 동안 자동문이 열렸다 닫혔다 하는 사이로 출구 맞은편에 서 있는 윤미가 몇 되지 않는 환영객들 틈에 언뜻 보였다. 고개를 빼고 기웃기웃하며 숙희의 모습을 찾던 윤미는 제인이를 안은 채 반가운 목소리로 숙희를 불렀다. 숙희 역시 낯선 곳에서 아는 얼굴을 발견하자 가족 상봉이라도 한 듯 마음이 복받쳤다.

"윤미!"

숙희는 한 손으로 캐리어를 끌고 다른 한쪽 손을 높이 들어 흔들며 윤미에게 다가갔다. 그새 섬사람처럼 볕에 그은 윤미는 더 건강하고 젊어 보였다. 할머니가 아니라 엄마라고 해도 위화감이 느껴지지 않을 정도였다.

"자 자, 숙희 할머니다! 안녕?"

윤미는 숙희에게 말하는지 제인이에게 말하는지 모를 높고 가는 음정의 낯선 목소리로 양쪽을 번갈아 보며 제인이의 팔을 잡아 흔들어 숙희에게 인사했다. 긴 속눈썹, 커다란 눈. 가까이에서 실물을 접한 아기는 윤미와 주원의 얼굴에 서양인 필터를 씌운 듯한 느낌으로 뭐라 설명하기 힘들게 두 사람을 빼닮아 있었다. 제인이는 낯을 가리지 않는 외향적인 성격인지 숙희를 향해 그 짧고 통통한 팔을 뻗으며 반가운 듯 소리를 질렀다. 제인이의 입안에는 아래위로 깜찍한 이가 두 개씩 나 있었다. 원래 인간의 이가 이렇게 하얀 거였나 싶을 정도로 새하얀 이였다.

"안아볼래?"

미처 거절할 새도 없이 윤미가 제인이를 불쑥 내밀었고, 숙희는 머뭇거리면서도 혹시라도 아기를 떨어뜨릴까 조심하며 받아 안았다. 고양이를 안을 때처럼 팔 자세를 잡았다가 더 안정적으로 있기 위해 엉덩이를 받친 손을 들썩해서 고쳐 안았다. 조그만 아기의 무게가 제법 묵직했다. 뚱뚱한 고양이였던 밍밍이보다 살짝 더 무거웠다. 보드라운 살결에서는 기분좋은 냄새가 났다. 숙희는 제인이의 머리카락에 코를 얕게 묻고 킁

쿵하며 윤미를 향해 웃었다. 윤미도 따라 웃으며 "아기 냄새 좋지?" 하고 같이 냄새를 맡았다. 잠시 제인이는 숙희에게 찰싹 안겨 있는가 싶더니 이내 기분이 변해서 몸을 위아래로 흔들며 뜻을 알 수 없는 소리를 지르며 바둥거렸다. 밍밍이가 죽고 난 뒤 도대체 얼마 만에 느껴보는 작고 연약한 생명체의 온기인가. 숙희는 아기를 꼭 끌어안고 얼굴을 가볍게 부볐다. 숙희의 마음속에서 작은 파문이 일기 시작했다. 기억이 다시 소용돌이치는 듯했다. 숙희가 사랑했던 그러나 잃어버린 온갖 것들에 대한 기억이. 다시 삶을 달라고, 다시 자기를 봐달라고.

조그맣고 따듯한 몸에서 발산되는 예측할 수 없는 활력이 숙희의 팔과 다리로, 온몸으로 전달되었다. 숙희는 어쩐지 눈물이 날 것만 같았다. 그것은 예상치 못한 기쁨이었다.

* 제목 '숙희가 만든 실험영화'는 동아일보 1979년 1월 24일자에 실린 유현목 감독의 소설 「어느 훗날」의 한 대사에서 가져왔다. 소설을 일부 인용하자면 다음과 같다.
아버지는 얼마 전까지만 해도 영화관을 경영해왔지만 지금은 지구상 어디를 보아도 영화관이 없는 것처럼 폐쇄해 (……) 버렸다. (……) 관객은 귀찮게시리 영화관까지 찾아가지 않아도 (……) 안방의 대형 스크린에서 보면 된다. (……) "아버지, 숙희가 만든 실험영화는 보셨어요?" "학기 말 논문 영화도 봤다. 뭐 '눈동자와 외교술'이라던가."
* 숙희와 친구들이 상상하는 노년의 삶은 김희경의 『에이징 솔로』(동아시아, 2023) 중에서 「할머니가 되어도 서로를 돌볼 수 있을까?」를 참고하여 쓴 것이다.
* '비공식 이모'가 언급되는 책은 클레어 챔버스의 『스몰 플레저』(허진 옮김, 다람, 2022)이다. 인용된 문장은 199쪽에 있다.

| 수록작 출전 |

김기태 「전조등」 …… 『두 사람의 인터내셔널』, 2024
김지연 「내가 울기 시작할 때」 …… 『마음에 없는 소리』, 2022
김화진 「근육의 모양」 …… 『나주에 대하여』, 2022
성해나 「OK, Boomer」 …… 『빛을 걷으면 빛』, 2022
예소연 「우리 철봉 하자」 …… 『사랑과 결함』, 2024
위수정 「풍경과 사랑」 …… 『은의 세계』, 2022
이미상 「그 친구」 …… 『이중 작가 초롱』, 2022
전하영 「숙희가 만든 실험영화」 …… 『시차와 시대착오』, 2024

문학동네 소설집
스타트라인
— 작가들의 빛나는 시작
ⓒ김기태 김지연 김화진 성해나 예소연 위수정 이미상 전하영 2025

초판 인쇄 2025년 6월 4일
초판 발행 2025년 6월 18일

지은이 김기태 김지연 김화진 성해나 예소연 위수정 이미상 전하영
책임편집 서유선
디자인 엄자영 유현아 | 저작권 박지영 형소진 오서영 조경은
마케팅 정민호 서지화 한민아 이민경 왕지경 정유진 정경주 김수인
       김혜원 김예진 나현후 이서진
브랜딩 함유지 박민재 이송이 김희숙 박다솔 조다현 김하연 이준희
제작 강신은 김동욱 이순호 | 제작처 영신사

펴낸곳 (주)문학동네 | 펴낸이 김소영
출판등록 1993년 10월 22일 제2003-000045호
주소 10881 경기도 파주시 회동길 210
전자우편 editor@munhak.com | 대표전화 031)955-8888 | 팩스 031)955-8855
문학동네카페 http://cafe.naver.com/mhdn
인스타그램 @munhakdongne | 트위터 @munhakdongne
북클럽문학동네 http://bookclubmunhak.com

ISBN 979-11-416-1065-4 03810

* 이 책의 판권은 지은이와 문학동네에 있습니다.
  이 책 내용의 전부 또는 일부를 재사용하려면 반드시 양측의 서면 동의를 받아야 합니다.

잘못된 책은 구입하신 서점에서 교환해드립니다.
기타 교환 문의 031)955-2661, 3580

www.munhak.com